Slow Life in
the World of Eroge
の世界で
スローライフ
2
~一緒に異世界転移してきたヤリサーの大学生たちに
追放されたので、辺境で無敵になって真のヒロインたちとヨロシクやります~
[著] 白石 新
[イラスト] タジマ粒子
[キャラクター原案] ツタロー

マチルダ
エリス
アカネ

飯島悟
シルヴィア

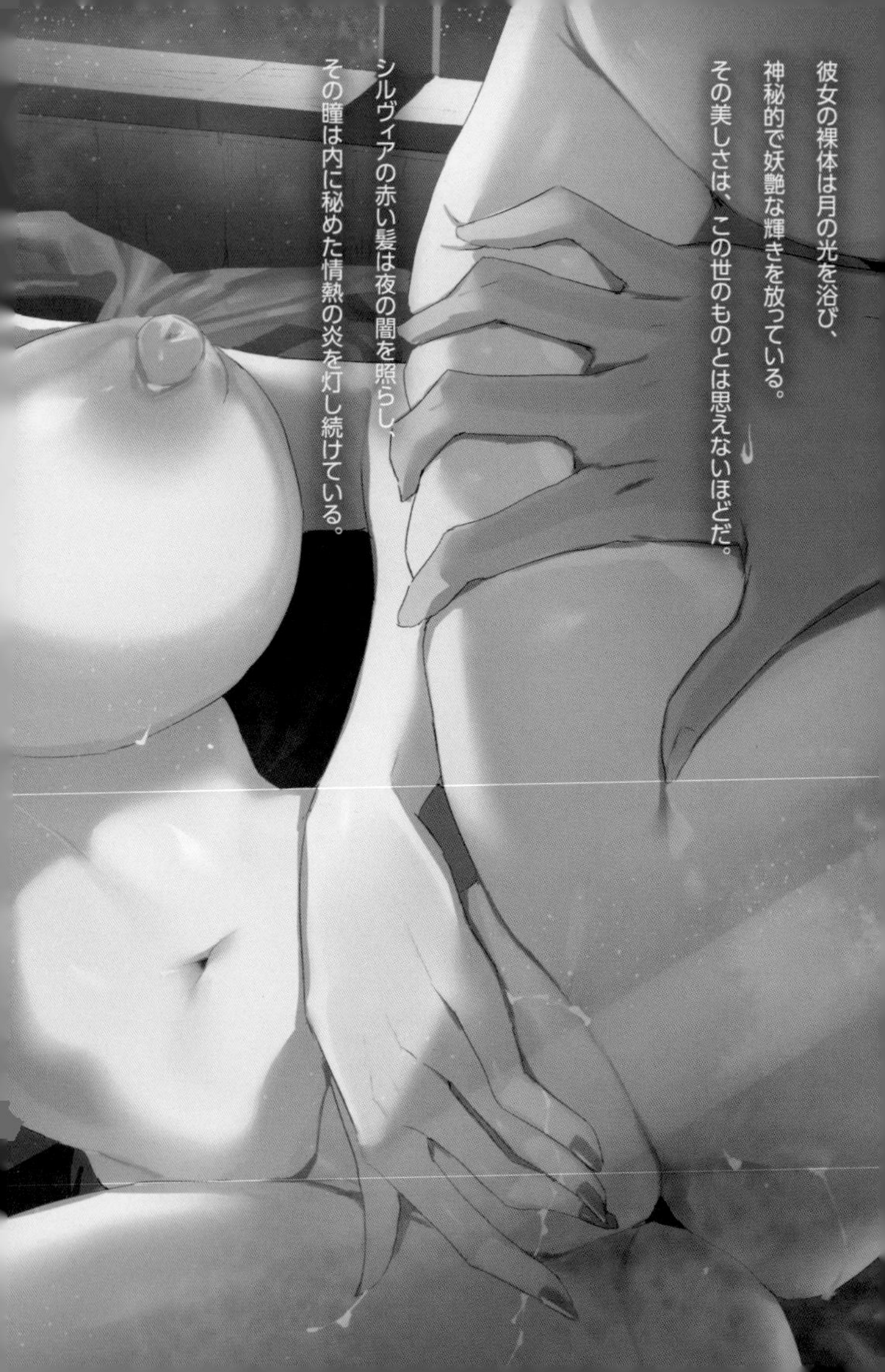
彼女の裸体は月の光を浴び、
神秘的で妖艶な輝きを放っている。
その美しさは、この世のものとは思えないほどだ。
シルヴィアの赤い髪は夜の闇を照らし、
その瞳は内に秘めた情熱の炎を灯し続けている。

シルヴィアの身体は、
古代《エンシェント》龍王種《キングドラゴン》の名にふさわしい優雅さと
共に強烈な妖艶さを放っていた。
その肢体は究極の芸術とまで言っても良いほどで、
見る者全ての心を奪い、息を飲ませるだろう。
「シルヴィア……どうしてここに？」
「ドラゴンと……ベッドセックスは無理かのう？」

木々は雪に覆われ、枝と枝の間から
重たく積もった雪が時折落ちる。
その音さえも、周りの静けさに
吸い込まれてしまうようだ。

しかし、その全てを包み込む寒気も、
目の前に広がる光景を目にした瞬間に吹き飛んでしまった。
と言うのも、山を登り切った俺たちは、
雪深い山中で一つの珍しい発見をしたのだ。それはつまり――
――温泉だ

CONTENTS

Slow Life in
the World of Eroge

ダッシュエックス文庫

エロゲの世界でスローライフ2

～一緒に異世界転移してきたヤリサーの大学生たちに追放されたので、
辺境で無敵になって真のヒロインたちとヨロシクやります～

白石 新

エリスたちの商売が拡大することになった。

アカネの和食屋、エリスのアイスクリーム屋……と、そんな感じで彼女たちが商売をしているのは以前から言っているとおりだ。

無論、大森林におけるそれらのチェーン店展開は上手《うま》くいっている。

そこで、今回は大森林の外の話となるわけだ。

というのも、サキュバスの娼館《しょうかん》を通じて、アイスクリームの試供品を風俗街で配ってみたという経緯《いきさつ》がある。

そして、これが大評判となっているのだ。

地球も異世界も、女性が甘い物好きというのは万国共通。

そんな感じで今、風俗街ではアイスクリームの評判がうなぎ登りという状況だ。

こうなってくると、風俗街へのアイスクリーム屋の出店が本格検討されることになるのも至《し》極《ごく》自然な話となる。

っていうか、商機を逃さないように如何《いか》に速攻で出店するかって状況だと言い換えてもいい。

しかし、ここで問題が起きた。

風俗街を取り仕切る商会ってのがあるんだが、そこから横やりが入ったんだ。

サキュバスの店長曰《いわ》く、商会は他所者《よそもの》が風俗街で商売することには否定的という話である。

けれど、商売そのものをすることはアリだという。

どういうことかっていうと、建物の中に入って店舗《てんぽ》などで商売することがNGということなんだよな。

風俗街は日本でもそうなんだけど――。

ヤクザ屋さんであるだとか、そっち系界隈《かいわい》の職業の方とのつながりが非常に強い。

で、風俗街では建物ごとにヤクザ屋さん界隈のシマがあるわけで、そこに色々な決まりがあるわけだ。

つまりは、商売の利権関係が非常に複雑って話なんだよな。

そういった理由で、飲食関係の商売の禁止っていうのは実は俺たちだけではない。

他の誰に対しても、門戸《もんこ》は開かれていなかったりするわけだ。

じゃあ、あそこの風俗街の人たちはどこで飯《めし》を食っているのか？

それは、つまり行商である。

権利関係がややこしいのは、あくまでもシマ単位に区切られている建物関係だけなんだ。

なので、路地に簡単な屋台を設置する程度なら、風俗街の共通基金にシマ代だけを払えば問題がないということである。

と、まあ……以上が、サキュバスの娼館の店長から聴取した内容だった。

☆★☆★☆★

話は変わって――。
俺が今いる場所は昼下がりの湖畔《こはん》だ。
湖畔には柔らかな陽光が木々の間から差し込み、地面に温かな光の模様を描いていた。
風は穏《おだ》やかそのものだ。
時折、湖面をそっと撫《な》でるように吹き抜け、微《かす》かな波紋《はもん》を生み出している。
木々の葉は、風にそよぎながら太陽の光を受け、緑の輝きを放っていた。
湖の水は澄《す》んでおり、その透明度は深い水底までくっきり見えるほど。
光の加減で水面《みなも》にはさまざまな色彩が浮かび、静かな湖面が美しい模様を描いていた。
湖畔には枝垂《しだ》れ桜や柳の木が生《お》い茂り、その間には小さな石畳《いしだたみ》の道が続いている。

道沿いには花壇が配置され、鮮やかな花々が風に揺れていた。

鳥たちのさえずりが耳に心地よく響き、時折遠くから鳥の羽ばたきの音が聞こえてくる。

「どうしたんですか旦那《だんな》様？　難しい顔をして？」

エリスが心配そうに尋《たず》ねてきた。

「いやさエリス、風俗街に出店しようと思っているアイスクリームの行商なんだけどさ」

「ふむふむ？　屋台ってことで話はついていますよね？」

「それはそうなんだけどな。今すぐにアイスクリーム屋を現地で始めるのは難しいと思うんだ」

俺は眉《まゆ》をひそめて悩みを口にした。

「……ふむ？」

「エリスが今雇《やと》っている従業員を、人間の街に派遣《はけん》することは可能なのか？」

「あ……それは無理ですね。大森林から風俗街までは距離がありすぎます」

エリスは頷《うなず》きながら答えた。

「それで、俺たちが人間の街にコネがあるのはサキュバスの娼館の店長だけだよな？」

「はい。そのとおりですね」

「店長自《みずか》ら行商なんてナンセンスだし、娼館の女の子を使ったとしても人件費がヤバすぎるだろ？」

俺はため息をつきながら指摘《してき》した。

「まあ、確かに彼女たちは高給取りですからね」

「それでなくても人間と亜人《あじん》は基本的に仲が悪い。と、なるとどうなる？」

「うーん……ツテを辿《たど》って求人募集するにしても、なかなか従業員が見つかりそうにありませんね」

エリスやアカネを派遣することも考えた。

けれど、二人は大森林での商売の取り仕切り役なので忙しい。

太公望《たいこうぼう》は仙人《せんにん》なので商売に興味がない。

ナターシャは大森林全体の長《おさ》なので、もちろんそんなことはさせられない。

と、なると、すぐに商売を始めるのは難しいという結論になってしまうのだ。

「とはいえ、鉄は熱いうちに叩《たた》けと言うしなぁ……」

「風俗街ではアイスクリームは大評判らしいですからね」

「俺が心配しているのは他の商売人が目をつけることだ。我が物顔で風俗街でのアイスクリーム事業に一番乗りされたらまずい」

一応は、製法は秘密ということにはしている。

けれど、こんなものは時間の問題でどこかしらからバレるものだ。

そうなった時にモノを言うのは「商売的知名度」なんかの先行者利益だったりするわけだな。

まあ、色々と考えてはいるんだよ。

例《たと》えば、チョコチップクッキー入りのアイス。

あるいは、ミントチョコとか、レモンシャーベットとか。

日本で売ってるアイスクリームのアレンジを投入すれば、商売としてのアドバンテージはバリバリにある。

けれど、一番乗りの利益を奪われるのは……やっぱり、そうなると悔《くや》しいよな。

「うーん。だったらどうしましょうか旦那様？」

「猫耳族の里のアルバイト店員が、風俗街まで一時間くらいで往復できたら問題は解決するんだがなァ」

「いやいや、どれだけ距離があると思ってるんですか？」

そんなやりとりをしている時、湖に流れてきている川の中に俺は不思議なモノを見つけた。

それは、真っ白な桃のようなものだった。

「ん？　なんだありゃ？」

遠近感が上手く摑《つか》めず最初はわからなかったが、桃にしてはヤケに大きいな？

どんぶらこーどんぶらこー。

桃太郎《ももたろう》の一節のように流れてきたソレを見て、徐々《じょじょ》にその全貌《ぜんぼう》を把握《はあく》するにつれて俺は絶句した。

「あれは……桃じゃなくて……お尻《しり》？」

そうなのだ。

たわわに丸々と実ったソレ。

よく見ると明らかに人間の……しかも女の子のお尻だったのだ。

少しだけ日焼けした風に見える健康的な色。

絹《きぬ》のような滑らかな質感、大きな大きな安産タイプの尻がこちらに向けてどんどん流れてくる。

「な……何故《なぜ》に川に尻が⁉」

狼狽《ろうばい》しながらそう言うと、突然に尻が動いた。

「尻じゃと⁉　我《われ》を誰だと思うておる！」

はたして、ザッパーンという擬音《ぎおん》と共に川から飛びだしてきたのは――全裸《ぜんら》の幼《おさな》い少女だった。

その姿は、まるで古代の神話から抜け出してきたかのように神秘的で美しい。

彼女の髪は、夕焼けを思わせる鮮やかな赤色。

水面に映るその輝きはまるで宝石のように眩《まぶ》しかった。

そして彼女の瞳《ひとみ》は、髪と同じく深紅《しんく》だ。

それは、まるで燃える火炎をイメージさせる。

特筆すべきは、彼女の身体《からだ》は幼い見た目に反し、異例の成熟を遂《と》げていることだ。

その胸は百センチ以上はあろうか？

まあ、端的《たんてき》に言えば、巨乳……いや、爆乳だ。

そう……巨大な乳と書いて、巨乳。爆発する乳と書いて、爆乳なのだ。

メロンのような両の乳ははちきれんばかりで、ピンクの乳首は五百円玉の数倍のサイズ。

つまるところはロリ巨乳。

いやが上にも、俺の視線はその爆乳に向いてしまう。

「クックック……聞いて驚け！」

と、その時――。

全裸で笑い始めた少女。

その背後からバリバリと音が鳴り、すぐさま彼女の背に翼が形成されていった。

「我は少女の姿をしているが――その実はドラゴンなのじゃ！」

「あ……そうなんですか？」

「む？　驚かんのか？　ドラゴンじゃぞ？　ドラゴン少女じゃぞ？」

俺の反応が予想外だったらしく、少女は驚いた表情を浮かべる。

いや、だってさ？

確かに尻が流れてきたのは驚いたよ？

でも、ここは異世界だろ？

ロリババア風ドラゴンっていったらベタ中のベタだしな。

想像の範囲内以外の何物でもない。

そんなもんが出てきたくらいで、驚くような日本人がどこにいるってんだ?

と、そんなことを思っていると、気を取り直したかのようにドラゴン少女はすまし顔を作った。

「時にお主……?」

「はい、なんでしょうか?」

「お主……ドラゴンカーセックスには興味はないか?」

今度は……驚かざるを得なかった。

何故なら、少女は俺の予想を遥《はる》かに超えることを言い出したのだから。

いや、わかる……わかるんだ。

ドラゴンカーセックスといえば、オタク界隈でいえばマジでおかしい性癖《せいへき》として知られている。

一般的にカーセックスといえば車の中で男女がいたすことを指す。

が、この場合はおかしい性癖ってことで、それはつまり——。

ドラゴンが、自動車にアレを突っ込むことを指すのだ。

元々、このジャンルはアメリカの画家さんが先駆者と言われている。

当時、アメリカ当局の相次ぐ性的規制が行われていた。

それに対する『皮肉』の意味で『これなら誰も文句言えないだろ』的な感じで、ドラゴンが車とセックスする絵が描かれたモノである、とされる説がある。

まあ、要は社会の行き過ぎた性的規制に反抗する意思表示ということだ。

が、一方で、その画家さんは『そういうフェチの人のために描いた』という、純粋な市場需給バランスに基づくモノと見る説もある。

真実は闇《やみ》の中……と、そんな感じで物議をかもしているテーマでもある。

それはさておき、俺の目の前にはドラゴン少女がいるわけだ。

はたして、彼女は車に対して受けなのか攻めなのか……？


――受けであるとするならば、自動車は彼女に何を突撃させるのか？

――攻めだとすれば、彼女は自動車に何を突撃させるのか？


ああ……！

考えただけでワクワクしてくるじゃねーかこれは！

と、俺は興味本位で尋ねてみた。

「ドラゴンカーセックスって、一体何ですか？」

するると、俺の問いかけにドラゴン少女はニヤリと笑いながら言った。

「それはの……ドラゴンが人間と契約を結び、共に冒険するための儀式なのじゃ！」

これは意外な展開だ。

だってドラゴンでカーセックスと言えば、ドラゴン×自動車のアレだろ？

人間と契約？　共に冒険？

一体全体……何をどうすりゃそんな話になるってんだよ？

「ただし、その契約には相応のリスクと報酬《ほうしゅう》があるのじゃ。お主に……覚悟はあるのかの？」

覚悟があるのかと言われれば、俺も男だ。

「もちろんです！」

彼女の言うドラゴンカーセックスとは何なのか、それを解明せずにはいられない。

俺の言葉にドラゴン少女は満足そうに頷いた。

「しかし、所詮《しょせん》お主は矮小《わいしょう》なりし人間じゃ。はたして我の出すリスク……試練を突破することができるかな？」

「だ、旦那様は強いんですよ!?　ただの人間じゃないんです！」

挑発的な笑みを浮かべるドラゴン少女に、頬《ほお》を膨《ふく》らませて抗議するエリス。

しかし、試練だと？

こいつは、俺に何をさせようってんだよ！

っていうか、マジでドラゴンカーセックスって何なんだよ!?

そして、ドラゴン少女の次の言葉によって、俺たちは一気に緊張感に包まれることになった。

「カッカッカ！　人間ごときがほざきよる！　試練は容易《たやす》いものではないぞ？　我が種族は力を尊ぶ……お主は我が圧倒的な力を前に、どれほど持ち堪《こた》えられるかのっ！」

「し、試練って言うのは直接対決のことなんですか!?」

「左様《さよう》じゃ！　臆《おく》したか人間よ！　尻尾《しっぽ》を巻いてゲッタウェイするならば今の内じゃぞ！」

挑発的な笑みを浮かべるドラゴン少女。

だが、こうなっては俺も退《ひ》けない！

そもそも俺はかなり強いし、ドラゴンカーセックスの秘密が気になりすぎるからな！

まあ、危なくなったらエリスを連れて逃げるけど。

「わかりました。ただし、命のやり取りはなしでお願いします！」

俺の言葉にドラゴン少女は一瞬、驚いたような表情を見せた。

が、すぐに侮蔑《ぶべつ》の嘲笑《ちょうしょう》を浮かべたのだ。

「カカカ！　カッカッカ！　身の程知らずというのは恐ろしいものじゃ！　我が試練は多くの英雄が挑み、敗《やぶ》れ去った試練なのじゃぞ!?」

え……英雄が敗れただと!?

これはひょっとしてまずいんじゃないか？

そして、ドラゴン少女は、俺の心に生じた僅《わず》かな恐怖を見透かしたようにこう言ったんだ。

「怖気《おじけ》づいたのか？　人間とは……体だけではなく勇気までもが矮小のようじゃの！」

「くっ……！」

ドラゴン少女は翼を広げる。

その小さな体に似合わないサイズ感だ。

いやが応《おう》でも、威圧《いあつ》感が増していく。

彼女の周りには魔法の力が渦巻《うずま》き始め、空気が震えているように感じる。

「じゃが……お主の勇気は人間にしては称賛《しょうさん》に値《あたい》するかもの。なんせこの我を前に逃げ出そうとはせんのじゃから！」

まずいな。

コレはちょっと勝てる気がしないぞ？

異世界に来てから俺は何度もパワーアップしている。が、さすがは異世界系強者《つわもの》筆頭である――

――ロリババアドラゴンだ。

一筋縄《ひとすじなわ》ではいかないのは、彼女の纏《まと》う魔力の巨大さだけでよくわかる。

「しかし、お主はわかっておるのか？　勇気があると褒《ほ》めてやったが、我に対峙《たいじ》するは――瘦《や》せ我慢《がまん》と同義ぞっ！」

くっそ……。

なんで俺は試練を安請《う》け合いしちまったんだよ！

とはいえ、逃げるだけならできそうだ。

だけど、エリスを連れてとなると分《ぶ》が悪い。

――スキル：老師《ラオシー》が発動しました。お困りなのでスキルを授けます
おお！　久しぶりだな老師！　今度はどんなスキルをくれるっていうんだ⁉

――スキル：チンコソードを授けます
即座に、俺はどうすればその剣を使えるようになるかを理解した。

深く集中すると、内なる力と呼応《こおう》するかのように大気が震え始めた。

その瞬間、空気がひんやりと冷たくなり、一筋の光が俺の前に現れた。

目も眩《くら》まんばかりの発光。

光は徐々に形を変え、やがて輝く剣へと変わっていく。

まるで星々の輝きをその刃《やいば》に宿したかのように、神秘的なオーラを放つ剣だった。

そして、それは静かに俺の手の中に収まった。

剣を握る掌《てのひら》を通じ、力が俺に流れ込んでくるのがわかる。

そして、目を開けたその瞬間、俺は自分が……剣に選ばれし者であるという確信を持ったのだ。まあ、この剣の名前は──


──チンコソードだけどなっ！


いや、知ってはいたんだよ。

これはゲーム内でチンコソードと呼ばれているもので、中盤～終盤にかけて登場する闘気剣の一種だ。

え？

なんで名前がチンコソードなんだって？

そんなの知るかよ。これは馬鹿《ばか》ゲーなんだから、制作会社に言ってくれ。

と、そこでエリスが大きく目を見開きこう言った。

「それはチンコソード？　神の領域に達した達人《たつじん》のみが使えるという……す……すごい……っ！」

心の底から感心した風に言うから反応に困る。だって名前は――

――チンコソードだぜ？

お前は本当に凄《すご》いと思っているのかと、小一時間くらい問い詰めたくなる。

が、このゲームの設定にはツッコミを入れるだけ野暮《やぼ》ってなもんだ。

しかし、チンコソードを手にしたことで、俺の体に力が漲《みなぎ》っているのも事実。

これならドラゴン少女と互角《ごかく》に戦うこともできるかもしれない。そう思い、ドラゴン少女に顔を向けてみると――

「まさかチンコソードを使えるほどの凄い人間だとは露《つゆ》知らず……申し訳なかった！」

と、ドラゴン少女はその場で土下座《どげざ》していたのだ。

「す、凄いですよ旦那様！　龍人《りゅうじん》を屈服させるなんて……とんでもないことです！」

「本当に申し訳なかったのじゃ！　この無礼は償《つぐな》おうぞ！　お主ほどの強者に対し、偉そうにしてしまったこと……勘弁《かんべん》していただきたいのじゃ！」

いや、チンコソードってそんなに凄いの？

半泣きになっているドラゴン少女を見ながら、俺は何とも言えない気持ちになった。

☆★☆★☆★

「ところでドラゴンカーセックスってのは一体何なんだ？」

そう尋ねると、よくぞ聞いてくれました！　とばかりにドラゴン少女は立ち上がった。

「ドラゴンカーセックスといえば龍化したバージョンの我……つまり……」

ドラゴン少女は急に押し黙った。

そして大きく大きく息を吸い込んで彼女はこう言ったんだ。

「空を飛ぶ龍の上で、人間の男女がセックスすることなのじゃ！」

胸を張って自信満々に言っているが……。

——コイツは何を言ってるのだろう？

ドライブ中にカーセックスをするっていう感じ？

まあ、そんな感じだと思うが、よく考えてみてほしい。

仮にドライブ中にカーセックスをするとしよう。

で、当然ながら運転中にはそんなことはできないよな？

だって、危ないもん。

と、なれば後部座席等で、おっぱじめる前提として他に運転手がいるわけだ。

その上で、例えば後部座席で男女がおっぱじめたとする。そうした場合——


——運転手さんは、どんな気持ちになるのだろう？


言うなれば、ドラゴン少女はその運転手さん的な立ち位置になるわけだ。

が、この場合はもっと酷《ひど》い。

なんせ、ドラゴン少女は車自体でもあるからだ。

運転手さんであり、おっぱじめる車の後部座席でもあるんだぜ？

自らの背の上でそんなことをおっぱじめられるなんて常人《じょうじん》の感覚では耐えられるモノではないだろう。

しかし、何故だか、この少女は自信満々な様子なのだ。

「そんなことされて嫌じゃないのか？」

「ドラゴンとは強者になびく種族なのじゃ！　ご主人様であればバッチコイなのじゃ！」

オイオイ。

お前は強者の代名詞であるドラゴンだろ？

そんな、オークに使役《しえき》されるゴブリンみたいなこと言い出していいのかよオイ。

しかもご主人様とか言い始めたし……。

チンコソードで格付けがついた瞬間にコレとは……高速掌返《てのひらがえ》しどころの話じゃねえぞ！

と、俺があまりの事態に恐れおののいていると、エリスがとんでもないことを言い始めた。

「やってみたいです！」

「やってみたい？　何をだ？」

エリスは急に押し黙った。

そして大きく大きく息を吸い込んで彼女はこう言ったんだ。


「ドラゴンカーセックスやってみたいです！」


「ええ……？　マジかよエリス？」

「ドラゴンカーセックスといえば、各国の王族ですらうらやむほどの贅沢《ぜいたく》なんですよっ！」

「贅沢……なのか？」

「ええ！　とても素晴らしい名誉でもあるんですよ！　なんせドラゴンをペット感覚で使い、その背中の上でセックスしちゃうんですから！」

ニッコリ笑顔のエリス。

だが、俺としてはゲンナリせざるを得ない。

「いやなエリス。それはどうかと思うぞ？　俺的にはどっちかっていうとそれは無理だぞ？」

「ええっ!?　どうしてなんですか!?　ドラゴンカーセックスといえば、その名誉ある体験をするために、大国がドラゴンを捕獲《ほかく》しようと軍隊まで派遣するようなことなのにっ！」

おいおい、大丈夫かよこの世界!?

馬鹿馬鹿しいを通り越して意味わかんねえぞ！

と、心の中でツッコミを入れるも、そこで俺は思い直した。

この馬鹿エロゲーにツッコミを入れても仕方がない。そんなことは……とっくの昔にわかっていることじゃないか。

「あの……旦那様？」

「ん？　どうしたんだエリス？　神妙《しんみょう》な顔をして？」

湖畔の風が心地よい静けさを運んでくる。

木々の間を縫《ぬ》うようにして降り注ぐ陽光が水面に煌《きら》めきを添える。

そんな穏やかな光景の中、エリスの表情はいつになく真剣そのものだった。

その瞳に映るのは深い憂《うれ》い、そして——僅かながらの不安だ。

はたして、エリスは何を言うつもりなのかとドキドキしていると、彼女はゆっくりと口を開いた。


「旦那様は……本当に無理なのですか？」


その問いには、言葉にならないほどの想いが込められているような気がした。

エリスの瞳は俺の答えを待っている。

その深淵《しんえん》のような青には、確かな意志が宿っていた。

彼女の問いにどう答えればいいのか——。

心の中で言葉を選びながら、彼女が何故《なにゆえ》に神妙な面持《おもも》ちで、この質問を投げかけたのかを考えた。

エリスの心中にある不安や期待。

これを俺は無下《むげ》に扱ってはならない。

これは俺に課せられた……小さな試練のようなものだ。

と、なると俺の返答はコレしかない。

深呼吸すると共に、俺は押し黙った。

そして大きく大きく息を吸い込んで、エリスに向けてこう言ったんだ。

「全然無理じゃないです」

いや、まあ……。
別に本当に、心の底から嫌ってたワケではないからな。
ただ、運転手役兼車の後部座席役のドラゴン少女が――。
なんでこんなに誇らしげなのか意味わかんなかっただけだから。

☆★☆★☆★

バサリと、龍の羽ばたきの音。
高く広がる大空は、どこまでも深く無限に続くかのように見える。
龍の背に乗ったエリスは、ただただ雄大な異世界の自然を眺《なが》めていた。
遠くの山々の稜線《りょうせん》を見る。

するとそこで龍はその巨大な翼をゆっくりと広げると、更《さら》に空高く舞い上がった。

地上の風景は急速に小さくなり、広がる大空が全《すべ》てを包み込んでいく。

「わー！　すごいですよ旦那様ー！」

「おお！　すっごい眺めだな！」

緑豊かな森林。

輝く青い湖。

遠くに見える山々の連なり。

空の上から見る、異世界の景色は圧倒的に壮大だった。

地上では見ることのできない、雄大な美しさが確かにそこにはあったんだけど。

まあ、エリスと龍の背の上で一戦終えた後の賢者《けんじゃ》モードの俺だ。

ぶっちゃけ、今はそんなことはどうでもいい。

しかし、風を切る爽快《そうかい》感はマジで気持ち良いよな。

と、そこで俺は龍の背の上を、頭へと向けて歩を進めていく。

そして、大きな声で呼びかけてみた。

「……ちょっとお願いがあるんだが良いか？」

毒を食らわば皿までとばかりに、ちょっとばかり俺たちに都合のいい話をしようと思ったのだ。

「全然かまわんのじゃ！　ご主人様にご迷惑をかけた故《ゆえ》にな！」

カッカっと笑うドラゴン少女に俺は尋ねかける。

「とりあえず名前は何て呼べばいいんだ？」

「そういえばロクに自己紹介もしとらんかったな。我はシルヴィアじゃ！　これでも誇り高き龍王種——古代龍王種《エンシエント・キングドラゴン》なのじゃぞ！」

誇り高き古代龍王種がチンコソードを出した瞬間にビビってたのかよ!?

しかも、自分の背中の上でカーセックスさせてるし……。

狼狽しながらも、俺は更にシルヴィアに問いかける。

「ええとなシルヴィア。ちょっと風俗街に関するお願いがあるんだが……」

「ほう、風俗街とな？」

シルヴィアは興味を引かれたように、尾を軽く振りながらそう答えた。

「今、俺たちはアイスクリーム屋を風俗街に出店しようとしているんだが、その手伝いをしてもらいたいんだ」

「構わんぞ！　手伝いでもなんでもやってやるのじゃ！」

と、まあ——そんなこんなで。

シルヴィアはアイスクリーム屋関係の運搬《うんぱん》要員として就職が決定したのだった。

サイド：風俗街の人々

風俗街の平穏《へいおん》な日常。

それは、空からの訪問者によって切り裂かれた。

陽《ひ》がまだ高く照りつける中、突如《とつじょ》として現れたドラゴンの姿は、地獄の扉が開いたかのような衝撃を住民に与えたのだ。

シルヴィア――。

そのドラゴン少女は、悠々《ゆうゆう》と風俗街の上空を飛び、街の中心に向かって降下していった。

「な、なんなのあれは⁉　ワイバーンっ⁉」

「いや、違う！　あれはドラゴン――しかも龍王種の古代龍王種《エンシエント・キングドラゴン》よっ!!!?」

その言葉が街中に響き渡るや否《いな》や、街には一瞬の静けさが訪れた。

そして、その静寂《せいじゃく》はすぐに恐怖と混乱に変わる。

「エンシェント・キングドラゴンですって⁉　そんなのここに何しに来たっていうのよ⁉」

「このままじゃ焼き尽くされてしまうわっ！」

「駄目だ！　もうおしまいだ！」

風俗街は一気に阿鼻叫喚《あびきょうかん》の渦《うず》に包まれた。

人々は恐怖に駆られ逃げ始める。

叫び声と泣き声が入り混じり、次々と恐怖が伝染していったのだ。

「ここはもうダメだ！　エンシェント・キングドラゴンの前ではこんな街……一瞬で消し飛んでしまうわっ！」

娼館は急いで戸を閉じ、人々は必死になって逃げ惑《まど》った。

しかし、シルヴィアが地上に降り立った瞬間、状況は一変した。

彼女は死と破壊を振り撒《ま》く死神ではなく――。

どうやら、アイスクリーム屋の資材と人員を運ぶために来たらしいということに周囲が気づき始めたのだ。

「お、おい！　アイツ……ドラゴンから何か降ろしてるぜ！」

「アイスクリーム屋のロゴ……？」

「従業員っぽい制服を着た奴《やつ》らも降りてきてるぜ!?」

「え……？　ドラゴン……？　アイスクリーム屋さん……？　何なのソレ？　どういうことなのっ!?」

「し、信じられないわ……。あんな恐ろしい姿をしたドラゴンが……ただの馬車的なモノだったなんてっ！」

街の人々は、驚きのあまりそんな声を上げている。

彼らが目撃した光景。

それはこれまでの人生で、最も衝撃的だったと言っていいだろう。

そうして、シルヴィアが大空へと飛び立った後――。

アイスクリーム屋の屋台が組み立てられていく最中、興味を持った風俗街の元締めが猫耳族の少女に尋ねかけた。

「なあ、猫耳族の姉ちゃん？」

「はい？　何でしょうか？」

「ドラゴンをアイスクリーム屋の運搬に使っちまうだなんて、お前らのボスは……どんな奴なんだ？」

「イイジマサトルっていうんですよ！　猫耳族の里長《さとおさ》の孫娘さんの旦那様でしてね……何を隠そう、すっごく強くて凄い人なんです！」

嬉《うれ》しそうに、そして誇らしげに胸を張る少女に、ドン引きした様子で元締めは応じる。

「い、いや……隠そうもなにも強いの全く隠してねえだろ？　なんせ、古代龍王種をパシリにしちまうくらいなんだから」

「ふふふ！　まあ、我らがサトル様ですからねっ！」

「まったくよ……こんな日はもう何が起こってもおかしくない気がするぜ」

そして――。

この異世界において、飯島悟《いいじまさとる》の伝説が本格的に始まることになったのだった。

サイド：飯島悟

と、そんなこんなで俺たちは小屋に帰ってきた。

その日の晩は、エリスのアイスクリーム屋の出店成功を祝した宴会が行われることになった。

太公望。

ナターシャ。

そして、アカネ。

エリスも含め俺の嫁が集まって、それに猫耳族だけじゃなくてついでに鬼人族《きじん》までもが集まっている。

里長の家は外れにあるので、普段は静かなんだ。

が、今日は賑《にぎ》やかな笑い声と歓談で満たされる。

うんうん、賑やかなのは良いことだ。

「さすがは我らの旦那様だ」

「まさか古代龍王種《エンシエント・キングドラゴン》を荷車替わりに使うなんて。ボクでもそんなことはできないよ」

「強者の集《つど》う仙界《せんかい》でも……これは伝説級だわ」

嫁たちはそれぞれ驚いた様子だ。

無論、そう言われると俺としても何だか誇らしい気持ちになってくる。

飲み物は、地元で醸造《じょうぞう》された芳醇《ほうじゅん》なワインを用意している。

あとは、サテュロスの里と交易中の、キリッと冷えたビールだな。

「風俗街への出店成功を祝して乾杯《かんぱい》しよう！」

参加者たちが飲み物を手に取ったところで、乾杯の音頭《おんど》を取る。

「乾杯――――！」

一斉《いっせい》に杯が上げられ、重ね合わせる音が小屋に小気味《こきみ》よく響き渡る。

室内は歓声《かんせい》と拍手《はくしゅ》で溢《あふ》れた。

「くう――――っ！」

やっぱり労働の後はビールだよな。

氷結魔法で冷やしたビールが体に染《し》みるぜ！

ビールを得るために向かったサテュロスの里。

そこではアーカムフェアリーの尿道《にょうどう》パンチ等……まあ、色々あったが、この味は全ての苦労を忘れさせてくれる。

で、みんなもビールはまんざらでもないようだ。

ビールを一気に飲み干していく参加者たちの顔は、ニコニコ笑顔そのものだ。

「ボクはワイン派なんだけれど、それは美味《おい》しいのかいエリス？」

「と——っても美味しいですよ！」

エリスに言われてナターシャはビールを手に取る。

そしてゴクリと一口。

「美味しいっ！！！！！！！」

ナターシャの反応は劇的と言ってもいいモノだった。

彼女は一口飲んだだけで、まんまると目を見開いて別世界の扉を開いたかのように感動していたのだ。

その驚愕《きょうがく》の表情。

それは、まるで生まれて初めて砂糖菓子に出会った子供のようだった。

ビールの泡《あわ》が口の中で弾《はじ》ける感覚に、彼女は目を輝かせている様子だ。

どうやら、瞬《またた》く間にその味わいに魅了されたらしい。

「サテュロスの里のこの酒が……冷やすだけでこんなに美味しくなるなんて!!」

ナターシャは興奮《こうふん》を隠さずに声を弾《はず》ませている。

ビールを持った手を高く振り上げ、周囲とその驚きを共有しようとする始末だ。

「……この感覚は何なんだいっ!?　今までの人生で飲んできたどんな酒よりも……美味しい！　みんな、これは革命だよ革命！　氷結魔法で冷やしたビールって……凄すぎるよ！」

いやいや、大げさなんだよ。

そもそも、ビールはサテュロスの里で昔から作られていたものだ。

違うことと言えば、日本から持ち込んだ『冷やす』って工程だけだからな。

が、しかし、ナターシャの反応に宴会の空気は一層盛り上がった。

参加者たちも、ビールの美味しさについて熱く語り始めたのだ。

まず口火を切ったのはアカネだった。

「この冷たさがたまらんな！　ニホンという旦那様の故郷の食文化は……こんなにも素晴らしいのか！」

「まあ、確かに夏場にキンキンに冷やしたビールを飲むのは美味《うま》いよな。でも、こんなの冷やしてるだけだぜ?」

と、そこで太公望が首を大きく横に振った。

「それは違うわサトル。そう言うなら肉を焼かず生《なま》で食べる文化を変えるのも……こんなの焼いただけっていう話になるもの。誰も気づかなかったことをやるのが、文化の革命ということなのよ」

確かに言われてみればそうかもしれない。

日本でも最初にナマコを食べた人って、物凄《ものすご》い勇気がいっただろう。

いや、違う違う！　それは違うだろ!?

ちょっと言いくるめられそうになったけど、やっぱり冷やしただけだぞ？

そんなこんなで困惑《こんわく》していると、エリスがニコニコ笑顔でビールを飲み干した。

「ふふふっ！　旦那様の故郷って凄いです！　その食文化をもっと……もーっと教えてください！　こんなにも美味しくなるなら、他にも美味しくなるものがたくさんあるはずですもんっ！」

そうして、最後に里長が俺にペコリと頭を下げてきた。

「婿《むこ》殿……本当にありがとうございますじゃ！　我らにこんなに美味しいものを教えてくれての！」

まあ、みんなガチで喜んでいるようだ。

だったら、俺としても嬉しい限りだ。

こんな知識でよければ、これからもどんどん教えていこうと思う。

こうして俺たちはこの宴会を通じ、絆《きずな》を一層深めることになったのだ。

☆★☆★☆★

宴会の熱気も徐々に落ち着きを見せ始めた頃――。

俺は参加者たちに「おやすみ」と軽く手を振り、フラついた足取りで自分の部屋へと向かった。

俺は心地よい疲れと酔いに包まれ、部屋の扉を開く。

すると、ほのかな月明かりが室内を照らしていた。

しかし、ベッドに目をやると、予想外の光景が飛び込んできた。

ベッドの上でドラゴン少女――シルヴィアが一糸まとわぬ姿で微笑《ほほえ》んでいたのだ。

窓から差し込む月光。

静寂に包まれた室内を、月が幻想的に照らし出している。

淡く青い光の中で、ベッドに横たわるシルヴィアの姿は、まるで夜の女神が地上に舞い降りたかのようだった。

彼女の裸体《らたい》は月の光を浴び、神秘的で妖艶《ようえん》な輝きを放っている。

その美しさは、この世のものとは思えないほどだ。

シルヴィアの赤い髪は夜の闇を照らし、その瞳は内に秘めた情熱の炎を灯《とも》し続けている。

シルヴィアの身体は、古代龍王種《エンシエント・キングドラゴン》の名にふさわしい優雅《ゆうが》さと共に強烈な妖艶さを放っていた。

その肢体《したい》は究極の芸術とまで言っても良いほどで、見る者全ての心を奪い、息を飲ませるだろう。

「シルヴィア……どうしてここに？」

「ドラゴンと……ベッドセックスは無理かのう？」

ドラゴンカーセックスではなく……。

ベッドセックスだと？

シルヴィアの上目遣《うわめづか》いは、俺を深淵へと誘うかのように妖《あや》しく……そして無防備に美しい。

が、しかし、俺は彼女に言わなければならないのだ。

「待てシルヴィア！　考え直すんだ！」

「考え直す？　何をじゃ？」

「お前の見た目は若い……っ！　若すぎるんだ！」

いや、だって見た目……ロリと言っていいほどに幼《おさな》いからな。

さすがにコレはまずいだろ？

だが、シルヴィアは自ら『たわわ』な胸を鷲摑《わしづか》みし、誇らしげにこう言ったのだ。

「でも、我……オッパイ大きいぞ？」

デカい！

確かに……デカいっ！　それは認める！　なんせロリ巨乳だからな！

百センチオーバー級の胸の圧倒的な威圧《いあつ》感の前に、俺はただただ困惑するばかりだ。

ってか、オイ馬鹿！　シルヴィア、やめろ！

鷲摑みにした胸をたぷんたぷんと……。

ゆっさゆっさと見せつけるようにして揺らすんじゃない！

けしからんぞ！

それはとってもけしからんことなんだからな！

しかし……まずいな。

このままでは、押し切られて大変なことになってしまいそうだ。

「そういう問題じゃねーんだよ」

「どういう問題じゃ？」

「俺の育った日本っていうところでは、いくら胸が大きくても学生とそういうことをしたら捕まるんだ！」

それはもうこっちは必死も必死だ。

援助交際って言葉が大昔に流行《はや》ってからというもの、日本ではタブー中のタブーになったことだからな。

するとシルヴィアは俺の言葉をじっと聞いてから疑問を投げかけてきた。

「じゃが、ここは異世界ではないか？」

「だからそういう問題じゃないんだよ！　日本では十八歳未満とそういうことしたらアウトなんだよ！」

だがしかし、俺の剣幕にシルヴィアは全く意に介《かい》する様子もない。

そして、彼女は決定的な言葉を投げかけてきたのだ。

「でも……我ってば二百八十二歳じゃぞ？」

全く問題なかった！

でも、年齢的にはオッケーでも見た目は明らかに未成年だ。

くそ……！

俺は一体どうすればいいんだ！

一瞬だけ、たわわに実った爆弾級の果実に視線を向ける。

くっそう……！

百センチオーバーのオッパイに、ピンク色の乳首がめっちゃエロいじゃねえか！

まったくもってけしからん！

が、すぐに考え直して俺は首を左右に振る。

「だが考えてほしいシルヴィア」

「考える？　何をじゃ？」

「もし俺たちが一線を越えたら、それが未来にどんな影響を及ぼすかわからないだろ？」

「ふむ？　どういうことじゃ？」

シルヴィアは好奇心に満ちた無邪気な瞳と共に小首を傾《かし》げる。

「ドラゴンと人間の間に生まれる子供の種族って……どうなるんだ？　その子は……どちらの世界でも仲間外れにされて生きていけないかもしれないだろ？　そんなことを考えると俺は慎重にならざるを得ないんだ」

シルヴィアは呆《あき》れ顔で俺を見た。

「何を言っとるんじゃ。お前様の嫁は猫耳族、鬼人族、ダークエルフに仙人じゃろ？　そんなん今更《いまさら》じゃろうに」

まさに、ド正論。

ぐうの音《ね》も出ない。

直球ストレートな完璧《かんぺき》な論旨《ろんし》に、俺は言葉を失うことしかできない。

確かにそんなのは今更中の今更だ。

シルヴィアの見た目が未成年というだけで動揺し、俺の思考は支離滅裂《しりめつれつ》になってしまっていたらしい。

と、そこでシルヴィアは再度上目遣いでこう言ってきたのだ。

「ドラゴンとベッドセックスは無理なのかのう？」

そう言われてしまえば、俺としてはこう答えるしかないだろう。

「全然無理じゃないです」

そして――。

俺のハーレムに新たな嫁が加わることになったのだった。

第二章

チンコソードの秘密と山賊団討伐

▼ ⏬ ✖

「私も……ドラゴンカーセックスとやらをしてみたい！」

二週間前。

アカネが突然そんなことを言い出した。

「アカネさん！　私もやってみたいです！」

「エリスはもうやったんだろう！」

「一緒にやればいいじゃないですか！　三人でドラゴンカーセックスです！」

そんな二人のやり取りに、呆《あき》れながら俺はこう言った。

「おいおいお前ら、シルヴィアの意向もあるだろう？　背中の上で三人が激しい運動したら大変だろうし」

「我《われ》は一向に構わん！　我は龍化の際にサイズ調整もできるしの……百人乗っても大丈夫じゃ！」

「百人イケるの!?」

「本気出して巨大化したら百人乗って大宴会も可能じゃぞ！」

最早《もはや》それは空中戦艦とかそういうレベルなのでは……？

しかし、さすがは古代龍王種《エンシエント・キングドラゴン》だ。

と、まあそんな感じでエリスも便乗してきたので、エリスとアカネとの三人プレイにいそしむことになったのだ。

☆★☆★☆★

都合五回戦ほどを終え、俺たちは賢者《けんじゃ》モードとなった。

で、以降は特にやることもないので、ボケーっとしながら、シルヴィアの背の上で遠くの山を眺《なが》めていた。

シルヴィアは風を切って空を駆け、遠くの山々を目がけて疾風《しっぷう》のごとくに飛んでいく。

と、そこで俺は閃《ひらめ》いた。

「うーん……このままピクニックでもするか？　昼飯《ひるめし》にサンドイッチも持ってきたしな」

「全力で賛成しますよ旦那《だんな》様！　ドラゴンの背中に乗ってピクニックっていうのは夢だったん

ですよ！」

わーいわーいとばかりに、エリスは大はしゃぎだ。

そんな彼女に俺は苦笑する。

アカネも頰《ほお》が緩《ゆる》んでいるし、どうやらこのままピクニックという計画は、まんざらでもないらしい。

まあ、ドラゴンを車替わりに使って、そのまま行楽ドライブみたいなもんだもんな。

こんなに贅沢《ぜいたく》な経験は、そうはできまい。

そして、空を駆けること数十分。

シルヴィアはサーフィンのように、風に乗りながら遙《はる》かな空の旅を続けていく。

広大な森林が、風に葉を揺らし、緑の海のように波打っている。

時折、眼下に現れる小さな村や農場の数々。

山々の連なりは、時に霧《きり》に包まれて幻想的な景色を作り出している。

鋭く切り立った岩肌《いわはだ》が、荒々しさと美しさを同時に感じさせた。

途中、一筋の川が蛇行《だこう》しながら山間《やまあい》を流れ、水面が光を受けてきらきらと輝いているのが見えた。

川の流れに沿って広がる渓谷《けいこく》は、古《いにしえ》の時代から変わらぬ自然の姿を今に伝えており、その壮大さは言葉を失うほどだ。

「こうして見ると、世界ってやっぱり広いんだな」

日本ではブラック企業に勤めていた俺だ。

出張で乗っていた飛行機なんかはシルヴィアよりも速かったが……。

よくよく考えてみたら、あの時には景色なんてまともに見ちゃいなかった。

でも、俺は今、素直に大自然の美しさに感動できている。

そう考えれば、やっぱりこの世界に来てよかったな。

そんなことをしみじみ思うのは人情というものだろう。

おっと、どうやら目的地に到着したようだ。

少しずつ高度が下がっていくにつれ、野生の花々が咲き誇る草原、その彩《いろど》り豊かな景色に包まれたピクニック予定地の全貌《ぜんぼう》が見えてくる。

「到着じゃ！」

シルヴィアが地面に着地した。

それと同時に、木々のさざめきや小川のせせらぎが耳に届いてきた。

穏《おだ》やかな時間が流れる中――。

のんびりとしたピクニックを期待させるに、ここは十分な場所だといえるだろう。

「とりあえず、そこらを散策するか？」

「山菜の季節ですからね！　みんなにお土産《みやげ》も持って帰りましょう！」

「そりゃあ、グッドアイデアだな！」

そして、着地したシルヴィアが人化したところで、俺たちは草原から森林へと歩を進めたのだった。

☆★☆★☆★

曲がりくねった山道。

木々は緑豊かに茂り、時折鳥のさえずりが聞こえてくる。

「ピクニック日和《びより》ですね旦那様！」

「ああ、良い天気だ！」

エリスはいつもニコニコ笑顔だ。

そんな彼女の笑顔を見ていると、何故《なぜ》だかこっちまで元気になってくるから不思議なもんだな。

「そういえば旦那様、風俗街の出店の時はシルヴィアさん凄《すご》かったですよね！　街の人たちがみんなビックリしちゃってましたし！」

「確かに凄かったが……」

俺としては――。

あの件については、あんなにド派手《はで》にやらなくても良かったんじゃない？

そういう風に思っている。

というのも、あの時のプランは猫耳族特有の脳筋《のうきん》理論によるものだ。

『旦那様の力を見せつけてやりましょう！』

そんな感じの、エリスの強い要望に押し切られたのだ。

俺は、風俗街には事前に色々と伝えておいた方が良いと言ったんだがなぁ……。

ところが『駄目です！　見せつけてやるんです！』と、エリスが頑固《がんこ》に言ったもんだから仕方ない。

そんなことを思っていると、アカネが声をかけてきた。

「ところでサトル殿」

「なんだアカネ？」

「シルヴィアについては……他に使い道があると思うのです。このまま運搬《うんぱん》役だけに終わらせるには、あまりにも惜《お》しい逸材《いつざい》であることは明白ですから」

そりゃあまあ、古代龍王種《エンシエント・キングドラゴン》って話だからな。

猫耳族の里からアイスクリーム屋の資材や食材――。

あるいはバイトの姉ちゃんたちを運ぶだけのバス扱いってのはどうかと思う。

「じゃあアカネ。シルヴィアには他にどんな働き方があると思う？」

「ふーむ……」

しばし考え、アカネは言った。

「ドラゴンの尾を使って、アイスクリームをかき混ぜるというパフォーマンスはどうでしょうか？」

「アカネさん、それ良いですね！　他にも、風俗街の上空でドラゴンが空中でループを描くパフォーマンスなんてどうでしょう？　きっと評判になってアイスクリーム屋さんに行列ができますよ！」

「イケそうだな！　あるいはこんなのはどうだろう？　空中でシルヴィアが『アイスクリーム無料券配布中なのじゃっ！』と叫ぶとか」

「絶対イケますよ！　他にはこんなのどうでしょう？　シルヴィアさんをアイスクリーム屋のマスコットにしちゃって……抽選で当たった子供たちを背中に乗せて空を飛ぶとか？」

くっそ……。

確かに全部、宣伝効果凄そうじゃねーか！

しかし、こうなっちまっては古代龍王種ってのも形無《かたな》しだな。

完全に、ただの乗り物扱いになっちまってるし……。

「ふふふ！　偉大にして誇り高き古代龍王種の我であれば、たちどころに評判間違いなしじゃ！」

いや、偉大にして誇り高き種族であればさ。

その扱いは、普通怒ると思うけどな。

そこで、輿《きよう》に乗ったエリスがこんなことを言い始めた。

「ヨッ！　アイスクリーム屋の広告塔！」

その言葉にシルヴィアは満足げに豊満な胸を張る。

「古代龍王種のアイドル的存在と言えば我のことじゃからの！　もっと褒《ほ》めても良いのじゃぞ？」

「ヨッ！　アイスクリーム屋の運搬役！」

今度はアカネの言葉にシルヴィアは再び豊満な胸を張る。

「我がいなけりゃ、アイスクリーム屋は成り立たんからの！　もっとじゃ！　もっと褒めるのじゃ！」

「ヨッ！　当代一の……乗り物！」

「もっと褒めるのじゃ！」

……え？

今、そのものズバリで乗り物呼ばわりされてたぞ？

でも、どうしてコイツはこんなに嬉《うれ》しそうなんだろうか？

それで良いのか？　古代龍王種よ？

そこで、アカネとエリスは『これはイケる！』と悪ノリしたらしく、次々とシルヴィアに言葉を投げかけていく。

「ヨっ！　空中サーカス団長！」

「ふふふ、空中パフォーマンスなぞ我以外にはできんぞ！」

「ヨっ！　空飛ぶ保育園！」

「カッカッカっ！　抽選に当たった子供たちは大喜びじゃ！」

「ヨっ！　ドラゴンテイル料理人！」

「アイスクリームを龍の尾でかき混ぜるのじゃぞ!?　圧巻《あっかん》のパフォーマンスで大人気間違いなしじゃ！」

「ヨっ！　空飛ぶラブホテル！」

「……それは……ちょっと違うと思うのじゃ」

それはさすがに違うか。

かけるべき言葉を、間違えてしまったエリスが肩をしょんぼりとさせている。

が、基本的にはシルヴィアはノリノリなんだよなぁ……。

俺としては、やっぱり古代龍王種を乗り物扱いってのはどうかと思う。

けど、まあ……。

本人が嬉しそうだから良いか……。

と、そんなことを思っていると、アカネが真剣な表情を作った。

「む……気をつけてくださいサトル殿！」

アカネの一言と同時に、俺たちの平和な時間が破られることになった。

「へっへっへ！　兄ちゃん、いい女連れてるじゃねえか！　女と金目のもの全《すべ》て差し出してとっとと失《う》せな！」

いつの間にか俺たちを囲んでいた彼らの荒々しい声が、山間《やまあい》に響き渡る。

「く……！　山賊《さんぞく》か！」

油断してたぜ！

まさかこんなところに山賊が出てくるなんて！

山賊たちの風貌《ふうぼう》は、まさに無法者といった感じ。

その目は貪欲《どんよく》にギラギラと輝き、視線はアカネとエリスに向けられていた。

ああ、見ただけでわかるぜ。

お前らの欲望は金品だけじゃなくて、二人にも向けられているってことはな。

山賊は俺たちを取り囲むように立っている。

数で優勢であることから余裕の表情だ。

腰には錆《さ》びた剣やナイフを携《たずさ》えており、その一挙手一投足《いっきょしゅいっとうそく》からは慣れた感じが窺《うかが》える。

どうやら、こいつらの山賊行為は一度や二度じゃないらしい。

そこで、エリスは一歩前に出て、怒りを露《あら》わにしたのだ。

「私の旦那様は強いんですよ！　山賊なんてちょちょいのちょいなんです！」

彼女の声には、俺に対する絶大な信頼が込められている。

いや、実際、山賊相手ならそうなんだろうけどさ。

でも、エリスよ……。

あんまり相手を挑発するのはやめてくれないかな？

まあ、猫耳族は脳筋なのでそこは仕方ないんだけどさ。

そしてエリスの言葉を受けた、山賊の一人が嘲笑《ちょうしょう》しながらナイフに舌《した》を這《は》わせた。

「この兄ちゃんが強い？　とても、そうは見えねえがなぁ？」

明らかに、彼の言葉には挑発と侮蔑《ぶべつ》の色が混じっていた。

ま、こいつらを放っておくと被害者が増える一方だしな。

これ以上、この異世界の住人に、迷惑をかける前に潰《つぶ》してしまうか。

そう思って俺が前に出ようとしたら、シルヴィアが先に、静かに一歩前に踏み出したのだ。

「おい……シルヴィア？」

「ご主人様が出るまでもなかろうよ」

「ああん？　お嬢ちゃんが出てきてどうなるってんだ？」

山賊たちの不敵な笑いが、彼女に届くと同時に――。

シルヴィアの姿がぼんやりと光を帯び始め、その周囲の大気に微細な震えが生じた。

「古代龍王種の姿……とくと見ろ人間よ！」

シルヴィアの声と共に、山々を揺るがすほどの激震が走る。

やがて彼女の体は眩《まばゆ》い光に包まれ、その光はすぐに強くなっていった。

刹那《せつな》の後。

光が収まると――そこにはもはや人間の姿をしたシルヴィアの姿はなかった。

その代わりに、壮大にして威厳《いげん》ある古代龍王種が、山賊の眼前に山のようにそびえ立っていたのだ。

これに驚いたのは山賊たちだ。

彼らの目には、シルヴィアの姿は、まるで古の神話から抜け出してきたようにしか見えなかっただろう。

「あ……あ……っ！」

呻《うめ》き声にも似た山賊たちの声。

その圧倒的な存在感の前に、ただの人間に過ぎない自分たちの無力さを痛感したのだろう。

やっと、山賊のリーダーと思《おぼ》しき男が口を開いた。

彼は恐怖に表情を引きつらせて、こう言ったのだ。

「ば、馬鹿《ばか》な！　古代龍王種だと!?」

リーダーの言葉と同時に、山賊は全員が回れ右の態勢を取った。

「お、お、お助け――――！」

「バケモンの相手してられるかよ！」

「逃げろ逃げろ逃げろ――――！」

我先《われさき》に、脱兎《だっと》のごとく。

猛速度で、山賊たちは逃げ出していった。

シルヴィアは逃げ去る彼らの背中を静かに見守りつつ、満足げに頷《うなず》いた。

「ま、こんなもんかの」

そして、彼女はゆっくりと元の人間の姿に戻っていったのだ。

――いや、ラブホテル扱いして正直すまんかった。

俺がエリスなら、速攻でそう謝っている。

それほど、彼女のデモンストレーションは迫力あるモノだった。

いやはや……。

これまでのやり取りでは、どっちかというと馬鹿にされてる感じだったが、やっぱりシルヴィアは凄い。

さすが、偉大なる古代龍王種ってのは伊達《だて》じゃない。

すぐに山賊たちの姿も見えなくなり、再び訪れた平和の中でアカネが安堵《あんど》の息をついた。

「どうやら完全に逃げて行ったようだな」

その隣で、エリスは満面の笑みを浮かべる。

そして、大はしゃぎに、ピョンピョンその場でジャンプを始めたのだ。

「やっぱり旦那様は強いんです！　さすがなんです！」

ん？　俺が……強い？

俺は困惑《こんわく》気味にこう応じた。

「いや、この場合、強いのはシルヴィアだろ？」

と、俺は半《なか》ば呆れたように言った。

だって、山賊を追い払ったのはシルヴィアなんだぜ？　ぶっちゃけ、意味がわからん。

しかしながら、当のシルヴィアは、首をゆっくりと左右に振ったのだ。

「じゃがのご主人様？」

「ん？　何だ？」

「我を使役《しえき》しておるのは、お前様じゃろ？」

「うーん……。そういうことになるのかな？」

俺はしばらく考え込んだ後、少し笑って頷いたのだった。

☆★☆★☆★

森の中にある広場。

木漏《こも》れ日が差し込みフカフカの草が生《お》い茂るその場所は、まるで天然の休憩所《きゅうけいじょ》のようだった。

「よし、それじゃあ飯《めし》にしようか」

アイテムボックスからランチボックスを取り出す。

それはお弁当として作ってきたものだ。

「旦那様、旦那様！　今日はどんな料理なんですか？」

ランチボックスの蓋《ふた》を開くと、エリスが嬉しそうに微笑《ほほえ》んだ。

「今日はサンドイッチだ」

「私、サンドイッチ大好きなんです！　あ……でも……」

その笑顔が急に暗いものに変わっていった。

「どうしたんだエリス？」

「いや、サンドイッチは大好きなんですけど……」

「その割には浮かない顔だが？」

「旦那様って、アカネさんたちが食べているような料理が得意でしょう？」

和食ってことか？

そりゃあまあ、日本人だからな。

普段作るものが、和食文化のある鬼人族《きじん》の系統の料理に偏《かたよ》るのは仕方ない。

「こんなことを言ったら贅沢なんですけど、せっかく旦那様の手作りなんですから和食が良かったなーって！」

まあ、前回も「日本の食文化」をもっと教えてほしい的なことを言ってたもんな。

エリスとしては思惑《おもわく》が外れてしまったのだろう。

それでなんとなく、ガッカリしてしまうという気持ちもわからんでもない。

だが、もちろん俺にはエリスたちを喜ばせる算段がある。

そのために、朝早くから起きて料理を作ってきたんだからな。

「安心しろ。サンドイッチでも和食はできるからさ」

「え？　え？　どういうことなんです？」

まさしく興味津々《しんしん》。

そんな感じでエリスが身を乗り出してきた。

百聞《ひゃくぶん》は一見《いっけん》にしかずってことで、この場合は食べてもらった方が早いかな？

というわけで、俺はエリスにサンドイッチを手渡した。

「いいから食ってみろ」

エリスはサンドイッチを手に取り、中の具を眺めてから顔をしかめた。

「この具は……鶏肉《とりにく》にレタスですか？」

「ああ、そうだぜ」

と答えると、エリスは更《さら》に「でも、この鶏肉って見たことのない色をしていますよ？」と続けた。

「鬼人族のアカネの里にはさ、醤油《しょうゆ》と味醂《みりん》があるだろ？　それで照り焼きソースを作ったんだ」

「てりやきそーす？」

エリスが不思議そうに小首を傾《かし》げる。

が、俺はそれには取り合わず、さっさと食えとばかりに頷いた。

マク〇ナルドにも照り焼きバーガーがあるくらいだ。

こんなもん美味《うま》くないわけがないんだよ。

でも、まあやっぱり見た目が黒……というか、茶色っぽいのに抵抗あるんだろうな。

エリスは恐る恐るといった感じでサンドイッチを口に運んだ。

そして、彼女は目を真ん丸にしたのだ。


「こ……これは……っ！　美味《おい》しい!!!」


エリスの歓喜の声を聞いて、俺は大きく頷いた。

アカネたちの文化では醤油は「焼いた肉」につけるものというようなレベルだったからな。

そんなところに、照り焼きソースを持ち込んだんだ。

これは異世界人にとっては、江戸《えど》時代に黒船が来た以上の衝撃だろう。

「どれどれ？　そんなに美味いのかの？」

シルヴィアが興味津々の顔でサンドイッチを手に取った。彼女も一口食べると同時に――


「美味いのじゃああああ!!」


と、叫んだ。

いや、だから大げさなんだよ……。

そんな反応を見せられ、俺としては苦笑せざるを得ない。

「具材だけを取り出すと、これだけでご飯が十杯でも食べられそうな味付けだな」

そう言ったのはアカネだ。

だが、他の連中にはその表現はピンとこないようだ。

でも、俺にはわかるぜアカネ。

ご飯十杯分相当ってのは、それはつまり――和食がわかる人間にとってこれ以上ない誉《ほ》め言葉だ。

「すごいのじゃあ……この照り焼きソース……っ！　一口食べただけで……トロットロに幸せな気分になって溶けてしまうのじゃぁ……」

本当にトロンとした目つきでシルヴィアが言った。

まあ、相も変わらず大げさだ。

けれど、マジで言ってくれてるのはわかるから嬉しい。

とにもかくにも、みんな照り焼きソースを気に入ってくれたようだ。

そして、サンドイッチが猛烈な勢いでなくなっていく。

それはまるで、親戚《しんせき》の体育会系の部活帰りの高校生男子を、焼肉屋さんに連れて行ったくらいの勢いだった。

そうして、あっと言う間に完食となった。

まあ、そんなこんなでピクニックの穏やかな時間を楽しんでいた俺たちだが、その平和はまた突然打ち砕《くだ》かれることになった。

というのも、森の奥から物音が聞こえてきたんだ。

俺たちは『何事だ？』とばかりに、互いに顔を見合わせる。

すると、予感通り、音が次第《しだい》に大きくなってきた。

そして目の前に現れたのは——


——まさかの山賊たちだった。


どうしてだ？

お前らはさっき尻尾《しっぽ》を巻いて逃げていっただろ？

俺の動揺を察知《さっち》したのか、山賊のリーダーが不敵な笑みを浮かべた。

「また会ったな、美味しいサンドイッチを楽しんでいる場合じゃないぞ！」

おかしい……。

マジでどういうことなんだ？

こっちには古代龍王種《エンシエント・キングドラゴン》のシルヴィアがいることはこいつらもわかっているはずだろう？

と、なれば答えは一つ。

――奴らには古代龍王種にも勝てる算段があるってことだ。

相手は二十人以上いるが……。
今のところ、それ以外のことはよくわからん。
俺は状況を把握《はあく》しようと努め、エリスとアカネも即座に身構えた。
シルヴィアも、再び山賊たちと対峙《たいじ》することになるとは思ってもみなかったようだ。
が、彼女は凛《りん》とした表情で応じる。
「カッカッカっ！　二度目も笑って許してやるほど我は優しくはないぞ？」
そして次の瞬間、シルヴィアの周りに発光現象が起きた。
彼女の姿が一瞬で変わり、巨大な龍となったのだ。
しかし――。
先ほどとは異なり、山賊たちに恐怖の色は見えない。
「シルヴィア！　こいつらには何か策があるようだ。お前は後ろに下がっていろ！」
と、彼女に言いながら、俺自《みずか》らが前に出た。
この状況下だ。
最も安全な方法は、一番強い俺が前に出ること。

そして、直接対峙し様子を窺うことだろう。

「お？　わかったのかい兄ちゃん？」

口角《こうかく》を上げながら、ニヤついた表情で山賊のリーダーが言葉を続けた。

「俺たちが、用心棒《ようじんぼう》を雇《やと》ってきたのをよ!!!」

ニヤつくリーダーを無視し、俺は山賊の一角に目を向ける。

用心棒……？　アイツのことか!!?

そこにはベレー帽と、白を基調としたロングコートを纏《まと》った男が立っていた。

顔は非常に整っている。

それは、美しいと形容しても良いほどの顔立ちで……銀の長髪の男だった。

彼の佇《たたず》まいは、明らかに山賊たちとは一線を画《かく》しており――


――強い！


見た瞬間に、俺はそれを理解した。

俺もこの世界に来てから滅茶苦茶《めちゃくちゃ》強くなった。

目を向ければ、相手の実力を何となくわかるようにもなっている。

でも、こいつは……実力の底が見えないぞ!?

くっそ……。山賊だと思って舐《な》めてたな。

こんなことなら太公望《たいこうぼう》やナターシャも連れてくれば良かった。

と、俺は思わず歯ぎしりしてしまう。

「死にたくなければ、とっとと観念して女を渡すんだな」

リーダーの声色《こわいろ》は自信に満ち溢《あふ》れていた。

その自信の源泉は、明らかに背後に立っている用心棒によるものだ。

だが、嫁をこいつらに渡すなんて、できるわけがない！

「女は渡さないし、死ぬのも御免被《ごめんこうむ》るぜ！」

と、俺は一歩も引かない姿勢を見せるべく、堂々と宣言した。

リーダーとしばし睨《にら》み合う。

すると、リーダーはニヤリと不敵な笑みを浮かべた。

「お？　やるってのかい？」

「お前らの好きにさせるわけにはいかないからな！」

「ま、どっちにしても同じことだがよ」

「同じことだと？」

「女を渡したとしても、お前らは俺たちをあんなにビビらせたんだ……！　兄ちゃんの抵抗の有無《うむ》にかかわらず、もちろん殺すに決まってんだろ！」

その声色に、妥協《だきよう》の余地はない。
まさに冷酷……あるいは野蛮《やばん》としか表現できないものだった。
クッソ……！
こいつ、どんだけ用心棒の力に自信があるってんだよ？
微《かす》かに俺が動揺したその瞬間。
リーダーは指をパチリと鳴らし、部下に合図を送った。
「とりあえずは小手調《こてしら》べだ。手始めにあの兄ちゃんをやっちまえ！」
命令と共に、巨大なマチェットを持った山賊たちが俺に躍《おど》りかかってきた。
相対《あいたい》する俺は、ベルトに差していた短剣を抜き放つ。
「はは、そんなチンケなナイフで何ができる？」
山賊たちの嘲笑が森の中に響き渡る。
そんな中、俺は彼らの言葉には耳を貸さず、短剣に意識を集中した。

――さあ、頼むぜ俺の相棒《あいぼう》！

シルヴィアと向き合った時に新しく身につけた新スキル――その力を奴《やつ》らに見せつけてやれ！

「生憎《あいにく》だが、これは俺のとっておきなんだよ！」

その瞬間。

俺の念を受けた短剣が、眩い光を放って形状を変えていく。

それは、まるで生き物のように……鞭《むち》の形に伸びていったのだ。

「なっ⁉」

と、山賊たちは驚愕《きょうがく》の声を上げた。

彼らの目は見開かれ、信じられないというような表情をしていた。

そして、鞭に変化した短剣は俺の意志に従って動いていく。

つまり、山賊たちに金属の鞭が向かっていったのだ。

「ぎゃっ⁉」

「ぐえっ！」

「たわらばぁ‼」

鞭は伸びたり縮《ちぢ》んだり、長くなったり短くなったり変幻自在《へんげんじざい》。

良し……っ！

練習通りに、俺の意思通りに動くぞ！

山賊たちは、まるで草が刈《か》られるようにドサリドサリと倒れていった。

彼らの崩《くず》れ落ちる音が静まり返った森に響き渡る。

瞬《またた》く間に都合十人の男たちが倒れた。

その様子を見ていたエリスは驚愕の表情を浮かべていた。

「さすがです……旦那様っ！　まさかこの人数を一撃で倒してしまうなんて！」

と、そこで用心棒の剣士は「ヒュウ」と口笛を吹いた。

「なるほどな、こりゃあ山賊の手に負える相手じゃねえな」

パチパチパチ……。

と、拍手《はくしゅ》と共に用心棒は頷いた。

「よ……用心棒の先生！　これは一体全体、どういうことなんだ!?」

「この男はな、チンコソードの使い手だ」

その言葉に、山賊リーダーの表情が一瞬で凍《こお》りついた。

「チンコソードだと？」

用心棒は大きく頷く。

「神域《しんいき》に達した達人《たつじん》のみが使えるという伝説の剣スキルだよ」

「じゃあ、剣が伸びたり縮んだりしてたのは？」

その問いかけに用心棒が応じる。

「チンコソードは、チンコの力を闘気《とうき》に変えるものだ」

「待て！　それじゃあ伸びたり縮んだりする説明にはなっちゃいねえぞ!?」

「テメエのチンコだって、伸びたり縮んだりするだろう？」

「た、確かに……！　でも、奴が使っているのがチンコソードだとすると……アンタでもヤベエんじゃねーのか!?」

と、山賊のリーダーは不安を隠せないようだ。

が、用心棒は落ち着いた様子で答えた。

「あれがチンコソードなのは間違いない。だがそれでも大丈夫だ、心配すんな。あの兄ちゃんが持ってるチンコソードじゃ、俺へはどうにもできねえよ」

その時、アカネが俺に向かって質問を投げかけてきた。

「サトル殿……いつチンコソードのスキルを身につけたのですか？」

俺は苦笑いを浮かべながら答えた。

「いや、この前、老師《ラオシー》からスキルを貰《もら》ってな」

何しろ、老師がくれたスキルだ。

シルヴィアも、この剣を見た瞬間に土下座《どげざ》していたしな。

名前は確かにアレだけど、これは絶対に強いスキルだと思って、俺はその扱いを練習してたんだよ。

そしたら、伸びるわ縮むわ、思ったとおりに動くわで、マジで有用スキルだった。

俺の言葉を聞いたアカネは目を輝かせた。

「さすがは旦那様です。神域に達し、チンコソードを身につけた旦那様を心の底から尊敬します！　私はこれでも武人の端《はし》くれですから、チンコソードの強さはわかるので！」

しかしその時、用心棒が口を開いた。

「だが、その兄ちゃんでは俺には勝てないぜ？　そのチンコソードでは俺は殺《や》れねえ！」

彼の声に感じられるのは、絶対的な自信。

そして、俺への挑戦の意図が含まれているようだ。

アカネは即座に反応し、力強く言い放った。

「いや、旦那様は必ず勝つ！　なぜならば、チンコソードを身につけた私の旦那様は最強だからだ！」

そんな緊迫したやり取りを聞きながら、俺は心の中で思う。

用心棒とアカネは、まるでシリアスバトル前の緊張感を漂わせて会話を続けている。が、しかし、こいつらは――

――チンコの連呼《れんこ》を疑問に思わんのか？

そんな俺の心情をよそに、エリスが不敵な笑みを浮かべて言い放った。

「旦那様はチンコソードを使えるんです！　どんだけ自信満々にしてても勝ち目はないんです

よっ！」

「おい、そこの猫耳族……？　お前、まさかとは思うが」

その言葉と共に、用心棒は天に向けて右腕を掲《かか》げた。

その瞬間――。

周囲は静まり返り、全員の視線が用心棒に集中する。

彼の掌《てのひら》から微かな光が漏《も》れ出し、その光は徐々《じょじょ》に強さを増していく。

光が強くなるにつれ、周囲の空気が震え出し、小さな風が起こり始める。

その風が用心棒を中心に渦《うず》を巻くように回り始め、光はますます輝きを増していく。

そして光が最高潮に達した瞬間、その爆発的な輝きの中から剣が現れる。

「俺がチンコソードを使えないとでも思っていたのか？」

その言葉に、ここにいた全員が驚きの表情を浮かべた。

次の瞬間、シルヴィアに全員の視線が移った。

というのも、彼女が突如《とつじょ》、ガタガタと体を震わせ始めたからだ。

その恐怖におののく表情は、周囲を凍りつかせるほどだった。

「我は……」

彼女の声はか細く震えていた。

「我はチンコソードだけは苦手なのじゃあああ!!」

絶叫が、森全体に響き渡り木霊《こだま》していく。

まあ、その反応はわかる。

お前は前回、俺がチンコソードを出した瞬間に土下座してたもんな。

と、そんなシルヴィアを心配した様子でエリスが問いかけた。

「どうしたんですかシルヴィアさん!?　チンコソードにトラウマがあるようですが!?」

「我は百年前に……チンコソードの武技《ぶぎ》をこの身に受けておるのじゃ！」

それを聞いてアカネが「はっ！」と息を飲んだ。

「古代龍王種がここまで怯《おび》えるとは……百年前に受けたその武技とはまさか……？」

しばらくアカネは押し黙った。

そして大きく大きく息を吸い込んで、神妙《しんみょう》な面持《おもも》ちでこう言ったんだ。

「三千世界の龍滅剣《ドラゴンキリング・チンコソード》？」

ドラゴンキリング・チンコソードって何なんだよ⁉

それはともかく、こいつらはマジでチンコの連呼に疑問を抱かんのか⁉

俺たちのそんなやり取りが終わった後、用心棒が落ち着いた声色で口を開いた。

「おい、リーダー？　俺の見立てではあの兄ちゃんは……Sランクオーバー冒険者級の力を持っているはずだぜ」

「Sランクオーバー冒険者級⁉　やっぱりアンタでもヤバいんじゃねーのか⁉」

確かに俺は強くなったと思う。

しかし、いつのまにやら俺はSランク冒険者の領域を超えていたとは驚きだ。

いや、まあ別に修行とかはしてないんだけどな。

セックスボーナスもらったり、老師からその場しのぎ的にスキルを貰いまくってるだけだったし。

と、それはさておき。

驚愕の表情の山賊リーダーに向けて、用心棒はニヤリと不敵な笑みを浮かべた。

「俺を誰だと思ってやがる？　俺はSSランク賞金首――」

用心棒はチンコソードをその場に投げ捨て、そして腰の鞘《さや》から剣を抜き出した。

こいつ……どうしてチンコソードを捨てたんだ⁉

俺が驚いた次の瞬間、用心棒の姿が消え去った。

そしてあっという間に俺の眼前に現れ、斬《き》りかかってきたのだ。

「――音速のムッツリンだ！」


音速だと!?

確かに……速いっ！

強くなった俺でも、目で追うのがやっとの速度だ。

その瞬間、俺は鞭の状態となっていたチンコソードを、ロングソード形態に変更する。

そして、反射的にムッツリンの攻撃に対応し始めたのだ。


――キンっ！　キンっ！　キンっ！


打ち合う金属音が周囲に響き渡る。

「やるじゃねえか兄ちゃん！」

「お前こそな！　ムッツリン！」

戦いは熾烈《しれつ》を極《きわ》め、ムッツリンと俺は剣を交え続けて一歩も譲《ゆず》らない。

ムッツリンの剣が俺の頬をかすめ、俺の剣がムッツリンの衣服の一部を切り裂く。

互いに皮一枚を見切る攻防。

まさに互角《ごかく》と言ってもいい状況だ。

と、そこでムッツリンはニヤリと笑った。

「予想通り、技量は互角だ。ならば勝敗を決めるのは――武器の差だぜ？」

「だったら俺の勝ちだ！」

使っている武器は、こちらはチンコソードで……相手は普通の剣だ。

ムッツリンの剣は強者《つわもの》の扱う剣ってことで、業物《わざもの》ではあるんだろう。

が、チンコソードの切れ味は練習の時に体験済みだ。

これ以上の剣があるとは、ちょっと思えない。

でも、だったらどうして……ムッツリンはチンコソードを捨てたんだ？

嫌な予感はしているが、ともかくこちらは全力を尽くすしかない。

「見せてやるぜ！　俺の本気を！」

その瞬間、俺の剣からは眩い光が放たれ、その姿が変貌《へんぼう》を遂《と》げていく。


――その剣は、剣というにはあまりにも大きすぎた。

人の身の丈《たけ》を超え、刃の厚みは五センチを優に超える。

剣というよりも、むしろ鉄塊《てっかい》に近い形状のソレは、つまりはベル○ルクの○ッツの大剣……

そのまんまな形状だったのだ。

「俺の武器は進化するんだ！」

チンコソードの本領は、戦いの最中に臨機応変《りんきおうへん》に形状変化できることだ。

伸びたり縮んだり、大きくなったり小さくなったり。


——つまりは、これこそがチンコの力！


いや、ぶっちゃけ、自分で言ってて恥《は》ずかしい。

が、まあ事実として使い勝手が良い武器なんだから仕方ない。

と、そこでムッツリンは再び「ヒュウ」と口笛を吹いた。

そして彼は、俺の変貌した剣を見て呆れたように笑ったのだ。

「はは……なんてデカさの剣だよ」

しかし、その乾いた笑いの中にも、ムッツリンには確かな余裕の色が見える。

何なんだこの余裕は……？

痩《や》せ我慢？　あるいは本当に勝算があるとでも？

「ムッツリン……チンコソードは自らの力と同じ性質を持つんだぜ？」

「んなことは知ってるよ」

「チンコが力強ければ剣は力強く……大きければ剣は大きくなる！　これが俺のチンコの力だ！　これでも俺に勝てるってのか⁉」

剣を高く掲げる。

そして、大地を穿《うが》つような勢いで、全力で振り下ろす。

渾身《こんしん》の一撃。

俺の全身から湧《わ》き出る……あらんかぎりの力を剣に込める！

ガキィンっ！

ムッツリンが俺の大剣を受け止めると同時に、一際《ひときわ》大きな金属音が鳴り響いた。

「確かにこれだけの大きさのチンコソードだ。お前は……立派《りっぱ》なイチモツを持ってんだろうよ」

フっと笑うムッツリン。

その声に、俺の第六感が明確にアラートを発した。

何かが……良くない！　いや、このままじゃヤバい！

焦《あせ》りを感じながら、ジリジリと鍔迫《つばぜ》り合い。

その最中も、ムッツリンはやはり不敵な笑みを崩さない。

「ははは、本当に呆れるくらいにデカくて硬《かた》いチンコソードだ。確かにお前は抜群《ばつぐん》のチンコを持ってんだろうよ？　事実……俺の剣ではこのままじゃ、鍔迫り合いも押し切られるだろう」

「なら、お前のその余裕は何なんだ⁉」

「お前の武器の耐久力は低いんだよ」

「耐久力……だと⁉」

その時、ピキピキという音が鳴った。

と同時に、俺の大剣に亀裂《きれつ》が走っていく。

それは見る間に剣全体を覆《おお》っていったんだ。

そして、剣はそのままバラバラの金属片になって砕け落ちてしまった。

「ど、どうしたんだ⁉　どうしてこんなことに⁉」

うろたえる俺の様子を満足げに眺め、ムッツリンはこう言った。


「何故なら、お前は早漏《そうろう》だからだ」


その言葉を受けて、俺は絶句する。

いや、俺だけじゃなくてエリス、アカネ、シルヴィアといった面々までも驚愕の声を上げたのだ。

「ど、どうして旦那様が早漏だってわかったんですか⁉」

「わ、我が旦那様の唯一《ゆいいつ》の弱点を……何故貴様が知っている⁉」

「ご主人様……気をつけるのじゃ！　この男、只者《ただもの》ではないぞ！」

只者ではないという理由が、早漏だと見抜いたことってんだから驚きだ。

でも、確かにムッツリンは強者だ。

実際、奴の読み通りに剣も砕けてしまったし、そこについては認めざるを得ない。

「エリスたちも疑問を投げていたが、俺の武器の弱点が……いや、なんで俺が早漏だってわかったんだ？」

「俺もチンコソードの使い手だが、敢《あ》えて使っていないんだよ。そうなることがわかっていたからな」

確かに、こいつはチンコソードを戦う前に投げ捨てていた。

「だから、どうして俺の剣がこうなるってわかったんだよムッツリン!?」

「その理由は俺の通り名にあってな……」

「お前の通り名？　音速のムッツリンってやつか？」

コクリと頷き、ムッツリンは言った。

「同じ弱点を持つ奴はわかるんだよ」


音速のムッツリンってそういう意味だったのか！

まさかの事実に、俺は驚愕を隠せない。

「ってことで、勝負ありだぜ兄ちゃんっ！」

自信満々のムッツリンの勝利宣言。

だが、俺は余裕を持ってこう返した。

「ああ、確かに勝負ありだな」

と同時に、俺の背後に発光現象が起きる。

ムッツリンは驚愕のあまり、大きく目を見開いた。

「これは……？　どういうことなんだ……？」

それもそのはずだ。

なんせ、俺の周囲の地面には、さっきのべ○セルクのガッ○の大剣みたいなのが、無数に突き刺さってるんだから。

「確かに俺は早漏だ。だとすれば、チンコソードの耐久性が低いのも道理だろう。だが――」

俺はその無数の剣のうち一振《ひとふ》りを手に取った。

そして、俺はしばし押し黙り、大きく息を吸い込んでからこう言ったのだ。

「数ならいくらでも撃てるんだよっ！」

どれだけ武器破壊をされようが、俺の剣の残量は百を優に超える。

武器が壊れても、新しいのを使えばいいだけだ！

ムッツリンは突如現れた、剣の山の光景を目《ま》の当たりにして茫然《ぼうぜん》としている。

そして一瞬の静寂の後、何とも言えない表情を浮かべた。

「兄ちゃん……お前……これだけの数を撃てるってのか？　百以上はあるぞ？　そうか……これがお前のチンコの力か……っ！」

彼の声には戦いの結末を悟った諦観《ていかん》の念と、俺への確かな敬意が感じられた。

しばらく彼は押し黙った。

そして大きく大きく息を吸い込んで、神妙な面持ちと共にムッツリンはこう言ったんだ。


「はは……大したタマだよ」


その言葉と同時に、俺は一直線にムッツリンに向けて突き進む。

まるで風に乗る羽のように、一瞬でムッツリンとの距離を詰め、大上段に構える。

受けに回るムッツリンだったが、今度は先ほどと逆だ。

打ち合った瞬間に、ボキンっと音が鳴った。

それはつまり、ムッツリンの剣が折れた音だった。そのまま俺の剣が彼の頭をカチ割ろうとする寸前――。

「何故……止めた？」

「勝負はついただろ？　俺は無駄な殺しはしないんだよ」

やれやれだ。

と、ばかりにムッツリンは肩をすくめて、両腕を挙げた。

どうやら降参《こうさん》ということらしい。

と、そこでエリスの誇らしげな声がムッツリンに向けられた。

「相手が悪かったですねムッツリン！　私たちの旦那様は確かに早漏ですが、一日に十人以上の女性を相手にするのが常《つね》なんですよ？　数だけは本当に無限に打てるんです！」

いや、エリス。

それって誇らしげに言うことでもないからな？

まあ、実際射精の早さを回数でカバーしてるんだけどさ。

抜かずの三回や四回をできるからこそ……嫁たちは大満足してるんだから。

幕間

サイド：エリス

私の名はエリス。

私はかつて、ただの猫耳族の娘だった。

が、今や私の事業は、大森林を中心としたビジネス帝国へと成長しつつある。

アカネさんの事業も同様だ。

旦那《だんな》様の日本由来《ゆらい》のアイデアを次々と実現させるだけで、私たちの予想を遥《はる》かに超える速さで事業は拡大しているのだ。

森の一番の変化はエルフに関してだろうか？

彼らの間で、旦那様考案のヴィーガンアイスクリームが流行し始めたのだ。

エルフは自然への尊敬から、野菜しか食べない。

そんな彼らの間で、大豆《だいず》と植物性油を原料としたヴィーガンアイスクリームが瞬《また》く間に人気を博したのだ。

猫耳族の里にあるアイスクリームチェーンの本店。

そこには、森の奥深くからエルフが集まってくるようになり、私たちの店は……さながらエルフの小さな聖地の様相を呈《てい》し始めている。

今後はエルフの里にも、チェーン店進出をする予定だ。

彼らはちょっと排他《はいた》的なのが気がかりではあるけれども――それはさておき。

ヴィーガンアイスクリーム以外にも、地球産の様々なフレーバーが大人気となっている。

チョコレートや抹茶《まっちゃ》が特に大人気だ。

私の店の前にはいつも長蛇《ちょうだ》の列ができ、その人気ぶりには自分でも驚かされるほどだ。

それに最初は冗談で言っていた、シルヴィアの天空曲芸が人気を博している。

古代龍王種《エンシエント・キングドラゴン》が演じる贅沢《ぜいたく》すぎるパフォーマンスが、多くの客を引きつけているのだ。

シルヴィアは既《すで》に私たちのビジネスの顔となり、彼女を目当てに訪れる客も少なくない。

そして、旦那様のアイデアで、私たちのビジネスはさらに新たな地平へと踏み出した。

私とアカネさんの共同事業ということで、風俗街で地球産のアイデアをモチーフにしたセクシー下着が流行《はや》り始めたのだ。

具体的に何を流行らしたかというと、それはつまり――

――穴あき下着である。


乳首が丸出しで、局部も丸出し。

ただし、乳首や局部以外には布や紐《ひも》がある。

下着の本来の意味を完全に無視した、本末転倒《ほんまつてんとう》ともいえるこの斬新《ざんしん》なアイデアがウケた。

もちろん、このアイデアは、この世界にこれまで存在しなかったものである。

店先で客を誘うという風俗街店舗《てんぽ》としては、このインパクトのある露出《ろしゅつ》下着の登場は革命ともいえる代物《しろもの》だったのだ。

こうして、穴あき下着や、ローターを始めとする主力商品が風俗街で人気を博すことになった。

そしてアイスクリーム屋の成功も併《あわ》せて、私とアカネさんの知名度はどんどん上がることになる。

でも……本当に、私はただの猫耳族の娘だったのに凄《すご》いことになっちゃったな……とは思う。

これもそれも、全部旦那様のおかげだ。

ということで、私は本当に旦那様には感謝する毎日を過ごしているのだ。

まあ、でも……実は旦那様に一番感謝しているのは、夜の生活が凄いってことなんだけどね。

第三章　その巨人、おっぱい丸出し　～そして、ノーパンしゃぶしゃぶへ～

ムッツリンとの熱いバトルから三カ月。

エリスたちの事業はどんどん拡大し、俺は相変わらずのスローライフを送っている。

で、シルヴィアのドラゴンカーセックスは嫁たちの中で大評判となった。

この前なんかはエリス・アカネ・太公望《たいこうぼう》・ナターシャの五人で励《はげ》んだりしたもんな。

ちなみにシルヴィア曰《いわ》く「百人乗っても大丈夫！」とのことで、猫耳族の発情娘からも搭乗《とうじょう》券をせびられている状況だ。

まさか本当に「百人乗っても大丈夫！」とするわけにもいかない。

なので、そのあたりはエリスが希望者を募《つの》って調整中とのことだ。

と、まあ、そんなこんなで。

俺とアカネとエリス、そして猫耳族の里長《さとおさ》は今、大森林の北方にいる。

まず、大森林の地形をザックリ説明しよう。

真ん中には猫耳族の里があって、最南方の外れの地域にマ○コ大湿地。

その少し上にクリ○リスの丘。

そして、クリ○リスの丘あたりから本格的に樹木が生《お》い茂っているんだ。

まあ、俗称でマ○毛大森林とも呼ばれる、俺たちの住んでいる森林地帯が広がっているわけだな。

身も蓋《ふた》もない酷《ひど》いネーミングセンスだが、このゲームにツッコミを入れるのは野暮《やぼ》ってなもんで、そこは割愛《かつあい》。

更《さら》に言えば、マ○コ大湿地の南方には、アナ○の大穴と呼ばれる裏ダンジョンがあるんだが……それはさておき。

北方にはスペルマ国っていう、これまたどうしようもないネーミングの国があるんだよな。

で、俺たちは今、そこに向かっているわけだ。

というのも、エリスのアイスクリーム屋とアカネの和食事業の評判を聞きつけて、スペルマ国から打診があったんだよ。

『是非《ぜひ》とも我が国にも出店してほしい！』ってことのようで、とりあえず話をしに行こうというのが現況である。

里長はスペルマ国の王族と親交があるということで同行。

エリスとアカネは事業主ということで同行……という具合だ。

ちなみに、ナターシャは大森林の長《おさ》としての仕事が忙しく、太公望は仙界《せんかい》からの通い妻という感じになっており、今回は不参加である。

あ、そうそう。今回は鬼人《きじん》族の三人も同行している。

彼らはアカネと初めて出会った時の三人で、実はあれから出世して鬼人三人衆とか呼ばれているらしい。

鬼人族の里長からも期待されているようだ。今回は他国の王にも会うような任務だしな。

まあ、見聞《けんぶん》を広めるってことで、同行させてやってほしいという話になったんだ。

☆★☆★☆★

朝霧《あさぎり》が森の深緑を柔らかく包み込む。

そんな中、俺たち一行はスペルマ国へと続く古道を歩いていた。

朝日が徐々《じょじょ》に昇り、霧が晴れていくにつれて、森はさまざまな色の光で照らされ始めた。

木々の間から漏《も》れる光が地面に斑点《はんてん》を作り出し、微《かす》かに残る霧の中で幻想的な雰囲気《ふんいき》を醸《かも》し出している。

道には樹齢数百年は経《た》っているであろう巨木が空へと枝を伸ばしていて、その根元には苔《こけ》やシダが生い茂っていた。

時折聞こえる鳥のさえずりが、一日が始まろうとする朝の森の生命力を感じさせてくれる。

遠くに広がる青い空には、白い雲がゆったりと流れている。

だが、その平和な雰囲気とは裏腹《うらはら》に、俺たちの足取りはどんどん重くなっていった。

疲労で肩が重い。

長い道のりを歩き続けた俺たちは、もはや足を引きずるようにして進んでいたのだ。

「しかし……疲れましたの」

と、猫耳族の里長が小さく息をつく。

「まあ、歩きどおしだからな」

と、俺は答える。

心の中ではシルヴィアを使えば良かったと後悔していた。

だが、ドラゴンカーセックス要員として彼女を酷使《こくし》しすぎた結果、疲労を隠せないようになってきて今は休養中なのだ。

本来ならこんな時にこそ彼女の力を借りるべきだったんだが……。

これについては悪乗りしすぎた嫁たちのせいだな。

普段のアイスクリーム事業の運搬《うんぱん》業務でも彼女は休む間もなく働いていたし、ここは有給休《きゅう》暇《か》ということで、俺たちが我慢《がまん》すべきだろう。

ここで、里長が瞳《ひとみ》を輝かせながらこう言った。

「むむ？　婿殿《むこどの》！　あんなところに里がありますぞ！　少し休憩《きゅうけい》していきましょうぞ！」

「確かに里はあるが……」

俺は言葉を濁《にご》した。

なんとなく、遠目に見えるその里はサイズが大きすぎる気がしたからだ。

「アレは巨人族の里ですね」

と、アカネが小さく頷《うなず》いた。

「巨人族といえば乱暴者ってことで有名じゃないですか！　やめときましょうよ！」

エリスの声色《こわいろ》には怯《おび》えの色が混じっている。

表情も怖がっているようだし、この世界での巨人族の悪評が窺《うかが》える。

「エリスよ。そう怯えるものではないぞ？」

里長がエリスを優しくたしなめた。

「でもおばあちゃん……巨人族は怖い噂《うわさ》しか聞かないですよ？」

「巨人族は力に全振りした種族じゃからな。確かに他種族には乱暴に見えるかもしれんが……悪気はないんじゃよ」

「ん？　どういうこと？」

小首を傾《かし》げ、エリスは興味深げに尋《たず》ねる。

「例《たと》えば、巨人族は人間を踏みつぶしたりすることはあるが……そういうのがエリスは心配なわけじゃろ？」

「うん。子供の頃に聞いて、すっごく怖かったの覚えてるもん！」

うんうんとエリスは頷く。

「じゃが、巨人族は踏みつぶそうと思ってやっておるわけではないんじゃ」

「じゃあ、どうして踏みつぶすのおばあちゃん？」

「それはの、巨人族は――」

しばらく里長は押し黙った。

そして大きく大きく息を吸い込んで、神妙《しんみょう》な面持《おもも》ちでこう言ったんだ。


「うっかりさんな種族なのじゃ」


「へー！　そうだったんだ！　うっかりだったら仕方ないよね！　うーん、何だか巨人族に対するイメージが変わっちゃったなあ！」

いや、うっかりでも踏みつぶしちゃ駄目だろ。

と、心の中で呟《つぶや》くが、このバカゲー独特の世界観の中では、俺の理屈は通じない。

「それじゃあ巨人族の里で休憩しようか。そこでは通貨は通用するのか？」

「婿殿。通用するもなにも、巨人族は外貨不足で大歓迎じゃぞ?」

「外貨不足?」

「サイズの違いとパワーの違いで、他の種族とはイザコザがありましてな」

うっかり踏みつぶしてしまったり。

あるいは、軽く肩をポンとしただけのつもりが吹き飛ばしてしまったりとか……そんな感じだろうか?

まあ、他の種族にとっては迷惑極《きわ》まりないのは間違いない。

が、本当に悪気がないとしたら気の毒な話ではあるな。

「それで?」

「街に出稼《でかせ》ぎに行くこともできず、それに巨人族は頭の良い種族でもありませぬ。未《いま》だに原始的な農耕と狩りで生計を立てていて、外貨不足故《ゆえ》に交易の術《すべ》もないのですじゃ」

「なるほどなぁ……」

「巨人族も他種族の進んだ文明の生活には憧《あこが》れてはおりますのじゃ。ですが、技術者を雇《やと》う金もないので、例えば水車を巨人用のサイズに作ったりもできない……と、そういうことじゃの」

巨人族の里に近づくにつれ、周囲の風景も変わり始めた。

見慣れた樹木や草花のサイズが徐々《じょじょ》に大きくなっていき、巨人たちの世界に足を踏み入れたことを実感する。

地面には巨大な足跡が残されており、その一つ一つが俺たちの存在の小ささを思い知らせてくれた。

サイズで言えば足が三メートルくらいか？

人間の成人男子だと、二十七センチくらいで身体百七十センチだから……ええと、ざっくり千七百センチ？

つまりは推定身長は十七メートル。

地上五階くらいと考えると、そのサイズ感のエゲつなさがわかる。

そして徐々に全貌《ぜんぼう》を現してきたのは、普通の村とは一線を画《かく》す巨大な建造物や住居が点在する一帯だった。

それらは、巨人たちのサイズに合わせて造《つく》られたものだ。

そのスケールの大きさに、俺は巨人族と呼ばれることの意味を改めて感じることになった。

☆★☆★☆★

巨人族の里。

そこに点在する住居は、日本の歴史で言うと縄文《じょうもん》時代のものによく似ていた。

実際に縄文人が暮らしていたかのような、竪穴《たてあな》式住居である。

地面を掘り、その穴に、木の枝や草を組み合わせて作られた屋根をかけたもので、穴の四方は泥《どろ》で固められている。

そんな各住居の入口はめちゃくちゃ高さがあるが、これは大きな巨人族の体格に合わせたサイズだからである。

入口は、動物の皮や草木を編んだもので覆《おお》われ、冷たい風や雨を防いでいる。

里の入口付近には貝塚《かいづか》があって、これは彼らが長年にわたり貝や魚を食べてきた証《あかし》である。

貝塚の中には、魚の骨や貝殻《かいがら》、使用済みの道具などが混在しており、巨人族が自然と共に生き、自然の恵みで生活してきたことが窺える。

「しかし、こりゃ酷いな……」

まあ、つまりは古代そのものってことだ。

なんだか、マジで縄文時代にタイムスリップしてきたような感覚にとらわれる。

基本的にはこの世界は中世ヨーロッパくらいの文明なので、先ほどの、巨人族は文明から取り残されているという話の裏は取れたわけだ。

当の巨人はと言えば、俺たちを遠巻きにしながら警戒心《けいかいしん》を持って観察しているだけで、今のところ話しかけてくる人はいなかった。

辺《あた》りを眺《なが》めながら歩いていると、里の中央部に屋根付きの焚《た》き木台があることを発見した。

周囲の飾り物やら何やらで、彼らにとって大事な場所であることは一目瞭然《いちもくりょうぜん》だった。

「これはひょっとして……？」

「そうですじゃ。火種《ひだね》を守っておるのですじゃ」

おいおい……。

マジでそのレベルの文明なのかよ？

ここから半日も歩けばレンガ造りの宿場があるだけに、この格差には驚きを禁じ得ない。

と、その時、空が急に暗くなってきた。

一帯が急速に寒くなり、風が吹いてポツリポツリと雨が降ってくる。

すぐに雨は激しくなり、風が吹き荒れ、嵐のようになった。

「ウィンドバリアー！」

エリスが魔法の障壁を張って、俺たちは暴風雨からは隔絶《かくぜつ》された空間に入った。

が、そこで巨人たちが騒ぎ始めた。

「火種を守るだ！」

巨人たちが叫びながら、焚き木の周りに殺到《さっとう》していく。

しかし、風雨は想像以上に激しい。

屋根を支える木の柱が風によって、大きく揺さぶられ始める。

そして柱は、不吉な音を立て始めた。

「柱を支えるだ！　折れるぞ！」

巨人たちは屋根の柱を支えるも健闘むなしく、バキバキバキっという音と共に柱が折れてしまう。

水分をたっぷり含んだ藁葺《わらぶき》の屋根が、焚き木の上に落下してくる。

火種は一瞬にして水浸《みずびた》しになり、煙を上げて燃える火が弱々しい。

巨人たちは水を吸い込んだ重たい藁を取り除こうと必死になるが、手遅れだった。

次第《しだい》にその炎も弱まり、とうとう完全に消えてしまったのだ。通り雨だったらしく、すぐに雨はやんだが――。

「火が……火が消えちまっただ！」

里の中央部は悲しみに包まれていた。

消えた焚き木を囲んで、巨人たちは憔悴《しょうすい》し切った様子で座り込んでいた。

「もう駄目だ……オラたちもう駄目だ……！　なんでオラたちいっつもこんな感じなんだっぺ!!?」

と、一人の巨人がやるせなく呟いた。

「ええと、火ならまた起こせばいいんじゃないですか？」

俺の問いかけに、巨人の一人は力なく首を左右に振った。

「オラたちは生活魔法を使えないもんでな。説明してやっからちょっと待っとけな」

ドスンドスンと竪穴式住居に向かった巨人は、巨大な摩擦《まさつ》式の着火装置を持って戻ってきた。

ええと……。

つまり巨人が持ってきたのは、木の枝の先端を他の木に押しつけながら両掌《てのひら》でくるくると回転させて、その摩擦熱で着火するアレだ。

「確かに火はまた起こせばええんだけども、晴れの日でも数時間かかるっぺ。ましてや、今さっき雨が降った後だべ?」

「それじゃあ、俺たちが生活魔法でつけましょうか?」

「よそ者にそんなことしてもらう筋合いもねーよ。それに、一回こっきりやってもらったところで、またおんなじことが起こるしな」

確かにそりゃそうだ。

その場しのぎで対処しても、根本的な解決にはならない。

「住居の中に火は残ってないんですか?」

「オラたちには聖火信仰があってな。里の中央でしか火を使うことは許されてねーんだ」

ありゃりゃ。

確かにそりゃ本当にまずいな。

毎度毎度こんな感じで、火起こしから始めなきゃいけないって状況か……。

そうだとすると、彼らの凹《へこ》み方も頷ける。

「それじゃあ、他所《よそ》の地域から火打ち石を買うとか？　アレなら摩擦式着火装置よりは遙《はる》かにマシでしょう？」

「馬鹿《ばか》言っちゃなんねえ。オラたちのサイズに合う火打ち石っつったら、馬鹿げた金額になるべ？」

「んだんだ。里の金庫を開けても金貨五枚しかねえだべな」

うーん。

金貨五枚ってことは、日本円で五万円くらいってことか？

外貨がないって、そもそもの原因が巨人族は乱暴者と思われて、その偏見《へんけん》で他の種族と一緒に仕事ができないからなんだろ？

こうなってくると、何だか可哀想《かわいそう》になってくるな。

「外貨を稼《かせ》ぐなら、良いアイデアがありますよ？」

と、俺は提案した。その言葉に、巨人たちは騒然《そうぜん》となった。

「外貨を稼ぐ？　儲《もう》かるってことか？」

「ええ、そうです。開墾《かいこん》や鉱山での仕事に興味はありませんか？　よろしければ俺の方で斡旋《あっせん》しようと思うんですが……」

大森林地帯で、開墾の計画も出てきている。

それに、前回の太公望の件の時に関《かか》わった王国にもツテがある。

あの王国は鉱山が有名ってこともあり、上手《うま》くすれば彼らはその巨体と力を遺憾《いかん》なく発揮《はっき》できる。

出稼ぎってことで、数カ月も働けば相当な賃金《ちんぎん》も出るだろう。

この提案は、彼らの現状を変える第一歩となるはずだ。

「よ、よそ者の話なんか聞けるか！」

「今、流行《はや》りのオレオレ詐欺《さぎ》ってやつだっぺ！」

「闇《やみ》バイトっつーやつだろ!?」

「オ、オ、オラは……オレオレ詐欺は嫌なんだな」

「オラたちを騙《だま》そうとしてんだ！」

「こんなの絶対オレオレ詐欺だっぺ！　そんな美味《うま》い話あるわけね！」

「オ、オ、オラは……オレオレ詐欺は嫌なんだな」

どうして、彼らがオレオレ詐欺とか闇バイトとかを知ってるのか？

あるいは、どうして巨人たちの中に山下清《やましたきよし》画伯が混じっているのかも不明だ。

が、ともかく彼らは警戒心が非常に強いのは間違いないようだ。

「田舎《いなか》もんを馬鹿にすんじゃねえ！」

巨人たちは俺たちに対する不信感を隠そうともしない。

これについては、長年の偏見等の歴史も影響しているんだろう。

「いや、そんなことはないですよ。馬鹿になんかしてないです」

乗りかかった船みたいなところもあるしな。

上手くすれば新事業として、巨人派遣《はけん》サービスにつなげることもできるかもしれないし。

win-win の関係を築けるならこんなに良いことはないんだが、はてさてどうしたもんか。

「これは win-win なんです。俺たちが仕事を紹介して皆さんは賃金を得て儲かる。そして、俺たちは紹介料を貰《もら》って儲かるってそういう理屈なんですよ」

その言葉を聞いた瞬間、巨人たちの目の色が変わった。

「ほら！　詐欺でねーか！　ブラック派遣会社ってやつだべ！」

「絶対、九割は中抜きするんだっぺ！」

「オ、オ、オラは……オレオレ詐欺は嫌なんだな」

「紹介搾取《さくしゅ》業だっぺ！」

どうしてブラック派遣会社という単語を知っているのか？

あるいは、やはりどうして巨人たちの中に山下清画伯が混じっているのか不明だ。

が、ともかく彼らは、警戒心から手の付けられない状況になってきている。

と、そこで巨人たちの中から、明るい声色で俺たちに言葉が投げかけられた。

「そこのあんちゃんたち？　アタイは巨人族のマチルダってもんなんだがな」

マチルダと名乗った女は、アマゾネス風の女巨人だった。

十五メートルを超える体躯《たいく》は壮大で、見る者を圧倒するような存在感を放っている。

腕は太く腹筋《ふっきん》は割れ、その姿はまるで古代の戦士の像を思わせる。

しかし、筋骨隆々《きんこつりゅうりゅう》というほどではなく、あくまでも健康的という範疇《はんちゅう》に留まったその容姿は美しい。

日焼けした肌《はだ》には、大小いくつかの戦いの痕《きず》が刻《きざ》まれていて、凛《りん》とした表情によく似合っている。

野性的な髪は肩までの長さで後ろで一つに縛《しば》られており、その目は鋭く、どんな困難にも屈しない強さが宿っていた。

マチルダの姿はまさにアマゾネスの女王といった感じで、どこか不思議なカリスマ性があった。

服装は腰ミノに、スポーツブラジャータイプの布のみという出《い》で立《た》ちだが、顔立ちが良いからか健康的な美しさが感じられる。そして――

――片方のおっぱいは丸出しだ。

まあ、かつてのエリスと同じスタイルということだ。

つまりは、スポブラタイプの布で、片方だけが隠れているという感じだな。

ってことで、コイツも例のごとくヒロインだ。

でも……このサイズ感はやっぱりすごいな。

ちなみにゲームでの彼女のエッチシーンについては、アーカムフェアリーと人間を逆にしたような感じだったかな？

さすがにこのサイズで、普通にエッチをするのは無理がある。

ということで、マチルダが人間の下半身を丸ごと咥《くわ》えて、ペロペロするとかいう……そんな強烈なやつだったのを覚えている。

「アンタら、冒険者なんだろ？　巨人族の里に来るくらいなんだから腕も立つはずだ」

その言葉を受けて、例のごとくエリスが胸を張る。

「おっしゃるとおりです！　そして、私たちの旦那《だんな》様はと――っても強いですよ！」

「だったら、期待できそうだな。兄ちゃんたちはアタイたち巨人を使って一商売するつもりなんだろ？　だったら、良い方法がある」

「良い方法？　どんな方法なんですか？」

「信用を得たいなら……アタイと一緒にフロストジャイアントを討伐《とうばつ》しに行かねーか？」

ニコリと笑って、マチルダはウインクと共にそう言ったのだった。

☆★☆★☆★

ここは巨人の里のほど近く——。

俺たちの足元に広がるのは、岩肌のざらついた地面だ。

断崖絶壁《だんがいぜっぺき》がそこかしこにある、ギザギザとした岩山。

時折、耳をつんざくような野生の獣《けもの》の叫びが遠くから聞こえてくる。

巨人族の里近辺ということで、サイズの大きい魔物が生息しており、大陸でも有数の凶悪危険地域として知られている場所らしい。

フロストジャイアントの棲《す》む洞窟《どうくつ》には討伐難度Sオーバーのジャイアントオークが生息しており、それだけでも世間《せけん》一般的にはとてつもない攻略難度だ。

ちなみに、フロストジャイアントオークは天候を操《あやつ》ることができるほどの強力な魔物だ。

そんでもって、ジャイアントオークの親玉的存在らしい。

昔から巨人族とは敵対しており、先ほどの大雨もフロストジャイアントの悪行《あくぎょう》……というか巨人族に対する嫌がらせとのことだ。

更に言うと、ジャイアントオークは、その名の通り七メートルほどの大きさの巨大なオークだ。

で、通常のオークよりも遥かに強力で狂暴だ。

そして、彼らは物理攻撃特化タイプ。

その巨体から繰り出される一撃は、一瞬で大岩を破壊するほどだというが——。

「里長はここに来ても大丈夫なのか？　ジャイアントオークってのは、とんでもなく危険な魔物らしいが？」

俺は不安に思って里長に尋ねた。

鬼人《きじん》三人衆は武人だ。だから、そこは問題ない。

けれど、齢《よわい》九十歳を超えようという里長はちょっとやっぱり……というのが俺の素直な気持ちだった。

「当たり前じゃ。これでもワシは魔法少女☆プリティ猫耳ニャンと呼ばれておっての！」

自信満々の里長に、俺は衝撃を受けた。

ま……魔法少女……プリティ猫耳ニャンだと!?

その単語は、齢九十を超えようかという御老体の口からだけは、絶対に出てはいけない性質のものだ。

「む、昔は里長も活躍していたってことか？」

「昔？　そんなことはありませんぞ？」

「と、おっしゃると？」

その問いかけに里長は胸を張って誇らしげに応《こた》えた。

「まだまだワシは現役の魔法少女ですわい！」

魔法少女現役なのっ⁉

俺が困惑《こんわく》する中、ようやく洞窟の入口に到着した。

洞窟の入口をくぐった瞬間、俺たちはその光景に息を飲んだ。

ここは主に巨体の魔物が生息しているという。

とすれば、洞窟は彼らが住めるサイズが必要なわけだ。

そして当然ながら、眼前に広がる光景は壮大なものだった。

なんせ、高さ数十メートルで広さは見当もつかない……そんな圧巻《あっかん》の大空洞《くうどう》が広がっているのだから息を飲むのも無理はない。

薄暗く湿った空気が肌を撫《な》で、どこかから水滴が落ちる音が響く。

この洞窟内の静けさは、まるで嵐の前の静寂《せいじゃく》のようだ。

明らかに、ここは最上級ダンジョンの一つであり、ジャイアントオークの巣だ。

このジャイアントオークの討伐難度はSランクオーバーだが、その正確な強さとかは詳細《しょうさい》不明となっている。

俺も強くなったが、この前のムッツリンも強かったし、この世界にはまだまだ強者《つわもの》がいる。

俺が倒れれば、エリスやアカネも危なくなるし、ここは気を引き締めていかないとな。

「ここがジャイアントオークの巣か……」

と、そんな緊張感の中で俺は呟いた。

だが、そんな俺の言葉を遮《さえぎ》るように、アカネが何かに気づいたらしく俺の腕を引いてきたのだ。

「旦那様！　ジャイアントオークが現れたぞ！」

その言葉の通り、すぐ前方にジャイアントオークの集団が姿を現した。

彼らはその巨体から繰り出す一撃で、大岩をも粉砕《ふんさい》すると言われている。

そんな危険な巨大生物がゆっくりと——しかし、確実に俺たちに近づいてきているのだ。

その圧倒的な存在感、そして詳細不明という肩書きに、俺は一瞬だけ心が凍《こお》りついた。

「ここは俺に任せてくれ」

そう言って、俺はチンコソードを手に取った。

この剣は、俺の意志に応じて形状を変える特殊な武器だ。

今回は鞭《むち》タイプ——ムッツリンの時に山賊《さんぞく》をまとめて倒した形状に変わる。

——ヒュオンヒュオンヒュオン！

自分で言うのもアレだが、目にも留まらぬ早業《はやわざ》だ。

で、ジャイアントオークは詳細不明ということで、苦戦も想定していたが――。

何のことはない。

俺の舞うような変幻自在の動きに、ジャイアントオークたちは何が起こったのかすら理解できずに、次々バタバタと地に倒れていく。

俺の手にしたチンコソードが、まるで生きているかのように俺の意のままに形を変え、敵を切り裂いていったのだ。

「す……すごい！」

エリスが目を輝かせながら声を上げた。

「お見事！」

アカネの声には、俺への確かな信頼が含まれている。

と、まあ、いつも通りの反応に俺は小さく頷いた。

一方、マチルダは驚嘆《きょうたん》の声を上げた。

「さ……サトルはこんなに強かったのか！　ここまでとは思っていなかったぞ！」

彼女の声には驚きと、ある種の感動さえ含まれていた。

☆★☆★☆★

そして歩くこと二時間程度。

戦いが終わった頃から、マチルダの様子がおかしくなった。

というのも、彼女はことあるごとに俺の方を見つめて、頰《ほお》をわずかに赤く染めていたりするのだ。

それに彼女はちょっぴりモジモジとしていて、何か言いたげでありながら言葉にできないでいる様子だ。

「サトル、君は本当に……」と、マチルダは話し始めるものの、途中で言葉を詰まらせる。

「ん？　どうしたんですか？」

尋ね返した瞬間、彼女は目を逸《そ》らし、更に頰の赤みを深めた。

「えっと……さっきのサトル君の戦い方、すごく……素敵《すてき》だったよ」

さ……サトル君……だと？

この反応って絶対アレだよな？

いや、エロゲの世界で彼女はヒロインだしさ。

強き種《たね》理論でいえば……さっきの戦いでチョロい感じになっちゃうのもわからんではないんだ。でも――

——相手は身長十五メートルオーバーだぜ？


色々と無理があるんじゃなかろうか？

そんなことを思いつつ、俺たちは更に洞窟の奥へと歩を進めていく。

そして、俺たちがダンジョンの中ほどに差しかかったその時だ。

「油断するな！」

と、俺は仲間たちに警告した。

そして現れたのはやはりジャイアントオークの群れだった。

「またジャイアントオークが現れたぞ！」

俺の声が洞窟内に響く。

先ほどと同じく俺はチンコソードを手に持つ。

が、その時、アカネが俺を遮るように前に出たのだ。

「ここは私に任せてもらおうか。いかに旦那様とはいえ、他人《ひと》に頼りきりでは……鬼人族の武人の名折《なお》れだ」

彼女の声には決意が込められていた。

でも、大丈夫なのかアカネ？

お前は強いと言えば強いが、太公望やナターシャに比べるとそこまでは強くないぞ？

俺の疑問を察してか、アカネは「フッ……」と笑った。

それと同時に、アカネのお付きの鬼人三人衆までもが、不敵な笑みを浮かべたのだ。

「姫は荒行《あらぎょう》を達成し、鬼人族の奥義《おうぎ》を身につけたのです!!!　いざ、刮目《かつもく》してご覧《らん》くださいませサトル殿！」

そういえば、ちょっと前にアカネは一カ月くらい鬼人族の実家に里帰りしてたっけ？

しかし、鬼人族の奥義……だと？

ええと、そういえば心当たりがあるな。鬼人族の奥義と言えば、あれは確か――


――鬼姫侍：アカネ。


ゲームの設定上、彼女はそれなりの強者だが特筆すべきはそこではない。

アカネの特殊性を語るために前提条件を説明しておくと、このゲームはダメージを受けると、特殊な一枚絵が見れるんだ。

つまり、ダメージを受ければ服が破れて半裸《はんら》になるとか、ソーシャルゲームでよくある感じのやつだな。

例えば……艦○これくしょんの中破とか大破とかのイメージを思い浮かべれば間違いない。

で、このゲーム特有のそのシステムは、プレイヤーにとってはある種のご褒美《ほうび》のようなものだ。

もちろん、エロゲなのでモザイクのかかった全裸《ぜんら》まで用意されているしな。

と、その時──。

敵に突撃したアカネに、ジャイアントオークの巨大な拳《こぶし》が振り落とされた。

避《よ》けようとするも、アカネの回避は間に合わない。

結果として、彼女にジャイアントオークの拳が直撃してしまった。

バトルの最中だが、話をアカネの奥義に絡《から》めて語ろう。

今さっき、彼女はダメージを受けたわけだ。

が、彼女の場合はダメージを受けても服は破れないし脱げもしないんだ。

何故《なぜ》かって？

その理由は単純だ。何故なら彼女には大ダメージを受けた時用に──

──アクメ顔になってしまう一枚絵が用意されているからだ。

そして、先ほど大ダメージを受けたアカネが、俺の目の前で見せたその光景。

それは想像を超えるものだった。

「んほおおおおおおお！」

恍惚《こうこつ》のアクメ顔を浮かべながら、拳を受けて吹き飛んでいくアカネ。

いやいや、そうなるとは思ってはいたさ。

けど「んほおおおおお！」って感じになるとまでは想定してないぞ？

そして、吹き飛んだアカネは地面を転がり、勢いが止まったところで片膝《かたひざ》をついた。

まるでダメージがない。

そう言わんばかりにスムーズに立ち上がり、彼女の表情はアヘ顔から凛としたモノへと瞬時に切り替わった。

その瞬間、彼女の瞳に猛烈な闘志が燃え上がる。

――このスキルの名は神姫羅刹《しんきらせつ》。

そして、アヘ顔になってしまう理由について、こんな感じの公式アナウンスが存在しているんだ。

そのスキルを使用する者は、ダメージを受ければ受けるほど、怒りの力で攻撃力に補正がかかる——。そういう設定なのだ。

確かに、攻撃力が上がる理由については納得感のある説明がなされている。

が、アヘ顔になる必然性についての告知という触れ込みなのに、そこの説明は一切ない。

そんなところが、このゲームが馬鹿ゲーと言われる所以《ゆえん》でもある。

「ぬおりゃあああ！！！！」

アカネの叫び声が洞窟内に響き渡る。

彼女の剣技が、まさに羅刹のように、ジャイアントオークたちに向けて荒々しく叩《たた》き込まれていく。

ビュオン！

風を切る轟音《ごうおん》。

一振りごとに巨体が宙を舞い、ドシンとその巨体が重厚な音を立てて地面に落ちていく。

「まだまだあああああああ！」

彼女の動きはまさに、ジャイアントオークの間を駆け抜ける雷光《らいこう》だった。

目にも留まらぬ早業の数々。

達人《たつじん》でも舌《した》を巻きそうな、華麗《かれい》な剣技だ。

そして、気がつけば彼女はジャイアントオークの群れを瞬《また》く間に殲滅《せんめつ》してしまった。

と同時に、鬼人三人衆が感嘆《かんたん》の声を上げた。

「さすがは姫です！」

「清々《すがすが》しいほどのアヘ顔でしたぞ！」

そして里長も、感心したように言葉を続けたのだ。

「鬼人族に伝わるアクメ絶頂の奥義——神姫羅刹。まさかここまでとはの！　噂には聞いていたが、ほんに素晴らしいアヘ顔じゃった!!!」

しかし、命のやり取りをするバトルだぞ？

その場で、アクメ顔ということに、こいつらはマジで疑問を抱かんのだろうか？

と、そこでエリスが大きく目を見開いてこう言ったんだ。

「す……すごい！　これが神姫羅刹のスキル……っ！　確かにものすごいアクメ顔でした！」

お前もかブルータス！

いや、まあエリスだけが普通の反応だったとしても困るんだけどさ。

と、そこで何故か巨大な触手《しょくしゅ》型モンスターが現れた。

この場所は巨人族の里の近くだ。

必然的に、触手型モンスターもサイズが大きい。

サイズってのは強さに直結するもので、恐らく触手モンスターも非常に強力だろう。

「新手《あらて》か!?」

俺は驚きと共に叫んだ。

「だけど、どうしてオークの巣に触手モンスターが？」

俺が混乱していると、里長が言葉を投げかけてきた。

「婿殿、こんな諺《ことわざ》を聞いたことはありませぬか？」

「諺？」

「オークと女戦士が出会えば二秒でくっころ、有名な諺ですじゃ。わかりませんかの？」

わかるけどわかりたくねーよ！

困惑する俺に、里長は淡々《たんたん》と言葉を続ける。

「つまりは、くっころ……オークはエロいことするために触手型モンスターを使役《しえき》しておるのですじゃ！」

エロ同人誌ならありがちだけれども！

そんなことを思っていると、エリスが一歩前に踏み出した。

「旦那様やアカネさんだけに、良いところを見せられるわけにはいきません！」

「大丈夫なのかエリス？」

「これでも私は元々は猫耳族の里のガーディアンです。それに旦那様のおかげで強くなってますし、訓練も続けているんです！」

エリスの声には決意が込められていた。

そこまで言うんだったら大丈夫だろう。

アカネにしてもアへ顔っていうのはアレだけれども、確かに劇的なパワーアップを果たしているようだしな。

そう考えると、エリスも強くなっていたっておかしくない。元々かなり強いしな。

エリスはナイフを取り出し、二刀流で触手型モンスターに突貫《とっかん》する。

「強くなった私の力を見ていてくださいサトルさんっ！」

その声は戦場に響き渡り、エリスの新たな力が、この戦いで発揮《はっき》されることを否《いや》が応《おう》でも予感させるものだった。そして――


「きゃああああああ!!!」


お尻《しり》を突き出した形の、エロい感じで触手に拘束《こうそく》されてしまうエリス。

いや、そんな予感は実はしていたんだが……まさか、本当にお約束の触手拘束シーンをやってしまうとはっ！

と、俺が驚いていると、今度はアカネが声を上げた。

「いかん！　私が助けに入ります！」

アカネは刀《かたな》を構え、触手型モンスターに向かって突貫する。

そんな彼女の動きには、まさしく疾風迅雷《しっぷうじんらい》という言葉がふさわしい。

「我が鬼人の剣を食らえ――――っ！」

気合いの咆哮《ほうこう》が戦場を震わせた。そして――

「きゃあああああああ!!!」

やはり、アカネも瞬時に触手型モンスターにエロイ感じで拘束されてしまった。

お前もなのか！　ブルータス！

俺の困惑を知ってか知らでか、アカネはＭ字開脚となる。

そして、アヘ顔が発動した。

「んほおおおおおおおおおおおお！！！！」

口に触手を突っ込まれたアカネ。

つまり、現状はＭ字開脚、アヘ顔、そして口に触手状態だ。

そして、アカネは……プルプルと両手を動かした。そうして、自《みず》らの顔の前方にゆっくりと手を持っていく。

と、そこで俺の眼前でとんでもない光景が完成した。

つまり、彼女は両手をプルプルと動かして、顔の前に持ってきて、両手それぞれに二本の指を立たせて……こ、これは――


――アヘ顔ダブルピースだとっ!?

それを見た瞬間、鬼人三人衆が歓声《かんせい》を上げた。

「で、で、出たぁ――――――！　アヘ顔ダブルピース!!!」

「あの顔が出た姫に負けはないぞ！　あれぞ必勝のアヘ顔だ！」

「約束された勝利へのアヘ顔だ！」

こいつらは自分の姫がそんなことになっていて、本当に何も疑問に思わんのだろうか？

あと、アーサー王もまさかこんなところでネタにされるとは夢にも思わんだろう。

しかし、必勝のアヘ顔ってのも凄《すご》い字面《じづら》だな……。

と、そこでアカネの表情がアヘ顔から一変し、凛々《りり》しいものとなる。

「フンっ！」

力任せに触手を振りほどき、彼女は絶体絶命の状況から脱出を果たしたのだ。

そして地面に落ちていた自分の刀を素早く拾い上げると、アカネは再び戦闘態勢を整える。

その眼差《まなざ》しは鋭く、瞳に宿った闘志の炎が全《すべ》てを焼き尽くさんばかりだ。

とても、つい先ほどまでアヘ顔ダブルピースをしていたとは思えない凛々しさ。


――スキル神姫羅刹：アヘ顔ダブルピースバージョン。

彼女の体から強烈なオーラが放たれる。

手にした刀はその力を受けてか、オーラの輝きを帯びていく。

アカネは、触手型モンスターとの間の距離を一気に詰める。

彼女の足取りは軽やかで、その動きは、獲物《えもの》を狙《ねら》う猛獣のように俊敏で目にも留まらぬ速さだった。

そうして、アカネは一刀両断のもとに触手型モンスターを斬《き》り捨てた。

戦いが終わり、エリスを救出すると同時に、里長がガクガクと震え始めた。

「どうしたんですか里長?」

「この老骨……震えが止まりませんわい」

「と、おっしゃると?」

「長らく生きておるが……ワシはあそこまでの見事なアへ顔は見たことはないのですじゃ……っ!」

その言葉を受けて、今度はエリスが口を開いた。

「確かに……アレは羅刹という言葉がふさわしい、鬼神《きじん》のようなアへ顔でした……っ!」

鬼神のようなアへ顔ってどーいうことよっ!?

と、まあ、そんなこんなで――。

俺たちはジャイアントオークを殲滅し、残るはフロストジャイアントの待つ最深部を目指すだけとなった。

☆★☆★☆★

後は最深部を目指すだけ。

だが、俺たちはその場で野営をすることにした。

というのも、洞窟内は時間感覚が希薄《きはく》になるが、時刻は既《すで》に午後七時を回っていたからだ。

食事や睡眠をとらずに、疲弊《ひへい》した状態でダンジョンの大ボスと対峙《たいじ》するわけにはいかないかな。

「じゃあ、野営のテントを建てようか？」

そう提案すると、皆が即座に動き出した。

俺たちが持参していたのは、軽量で持ち運びに便利なテント三つだ。

一つは俺とエリスとアカネ用、もう一つは里長用で、残る一つは鬼人三人衆のテントとなる。

ちなみに巨人のマチルダは、そのあたりで雑魚寝《ざこね》するらしい。

超巨大デビルボアの毛皮で作った寝袋を持っているらしく、寝床《ねどこ》は気にしなくてもいいという話だ。

で、すぐにテントの設営を終えた俺たちは、続けて焚《た》き火を起こした。

当然、次は食事だ。

だが、手持ちの携帯食料は、干し肉のスープと白パンといった程度。

シンプルながらも、戦いの疲れを癒《い》やすには十分な食事だが、少し物足りなさを感じる。

「もう少し、何かないかな？」

そう考えた俺は周囲を探し始めた。

別にアイテムボックスから出してもいいんだけど、せっかくだから現地調達で珍《めずら》しいもんも食べてみたいしな。

そして、俺は岩陰《いわかげ》で信じられないモノを発見した。

「な、な……なんだこりゃ!?」

はたして、そこには通常の十倍サイズのマツタケが五本生《は》えていたのだ。

「ま、ま……マツタケ食べ放題じゃん！」

本日のメイン料理が決定した。

とはいえ、キノコだけだとアレなので肉と合わせる。肉料理は豚肉《ぶたにく》といこうか。

オーク族の肉はこの世界では豚肉として扱われていて、わりかしポピュラーな食材だ。

そして上位種になるほど味は良く、先ほどのジャイアントオークたちも食材として回収しているわけだしな。

これを調理をしない手はないだろう。

ってことで本日の料理だ。メニューはこんな感じ。

・巨大マツタケの素焼き　～レモンとポン酢を添えて～
これについては説明不要。

焼いたマツタケにレモンとポン酢を添えただけだ。

あと、大量にマツタケがあるので醤油《しょうゆ》バター炒《いた》めも作っている。

・ジャイアントオークのジャイアントステーキ
塩コショウで下味をつけたジャイアントオーク肉をフライパンに乗せて、良い感じに火を通す。

そして最後に醤油とニンニクと日本酒を混ぜた、混合調味料で香ばしく焼き上げる。

もちろん、いやが上にもご飯が進むような香り立つ極上《ごくじょう》の逸品《いっぴん》だ。

・干し肉と触手野菜のスープ
意外なことに触手モンスターは美味いらしい。

マチルダによると、生《なま》で食べればシャキシャキ系のセロリのような味がするらしいが……。

とりあえずコンソメで煮込めばハズレはないだろうと、そんな感じで作ってみた。

「待ってました！　旦那様の料理です！」

エリスの隣では、アカネがうんうんと頷いている。

「旦那様の料理は本当に美味いからな！」

その言葉に続いて、鬼人三人衆も感嘆の声を上げた。

「いやあ久しぶりですな！」

「サトル殿の料理無双《むそう》ぶりは、今では里の連中で知らぬものはいないレベルだからな！」

と、そこで困惑の表情を浮かべたのはマチルダだ。

「アタイにも料理を作ってくれたのかい？」

彼女用に二十人前分くらいは作っておいた。

が、彼女のサイズからすると……それでも小鉢《こばち》程度の量だろう。

そこについては申し訳ないと思うが、まあ、そんな感じで食事が始まったわけだ。

「美味い！」

「さすがは婿殿ですじゃ！」

「美味《おい》しい！」

そんな声が次々と上がっていく。

「この肉のジューシーさと言ったら何なんだ⁉　醬油とニンニクが香ばしくてたまらん！」

とはアカネの談。

続けて三人衆の一人が干し肉と触手野菜のスープを啜《すす》った後、驚きの声を上げた。

「触手野菜ってこんなに美味しいのか！　コンソメの旨味《うまみ》と合わさって……まるで高級料理を食べているようだ！　いやはや、サトル殿は和食以外も達人ですな！」

それぞれの料理に対する賞賛の言葉が飛び交《か》う中、不思議なことにマツタケには誰も手をつけていなかった。

「おいお前ら。マツタケは食わないのか？」

その問いかけに、アカネが不思議そうに尋ねてきた。

「マツタケ？　なんだそれは？　見知らぬキノコは危ないからな」

おいおい、どうなってんだよ鬼人族は。

東方っぽい部族なのに、マツタケ様の存在を知らんのか？

まあ良いか、どうせ食えばわかるし。

「良いから食ってみろ」

彼女は少し戸惑《とまど》いながらもマツタケに箸《はし》を伸ばす。

そして、ポン酢をつけて一口食べると目を見開いた。

「う……美味い！！！！！！！！！！　なんだコレは!?」

そりゃあ美味いだろ、マツタケだもん。

「本当です！　とっても美味しいんです！」

いや、だからそりゃそうだろ。

マツタケにポン酢とレモンをつけたもんだからな。

こんなの美味くないわけがない。

と、そんなやり取りをしている中、マチルダがニコニコ笑顔でこう言った。

「サトル君は本当に料理が上手《うま》いな！」

彼女の目は輝いているが、そこにある少しの違和感に気づいた。

どうにもやはり量が少なくて、物足りなさを感じているようだったからだ。

「やっぱり、足りなかったんですか？」

「……うん。もっと食べたかったたんだが……でも……それは仕方ないことだよ」

その寂《さび》しげな表情に、俺は笑顔で応じる。

「だったら今度、時間があるときに豚を一匹捌《さば》いて大量に作ってあげますよ」

マチルダの目が一瞬で輝き、「そいつはありがてえ！」と喜びを露《あら》わにした。

と、そこでエリスが心配そうに口を挟《はさ》んできた。

「豚一頭って、そんなの調理が大変ですよ、旦那様！」

「せっかく出会ったんだしな、どうせなら満足いくまで食べさせてやりたいんだよ」

その言葉でアカネが『フッ……』と笑ってこう言った。

「我らが旦那様は、本当に馬鹿がつくほど人が好《い》いようだ」

「馬鹿は余計だろ」

そんなやり取りで、洞窟内はほんわかとした笑い声に満たされた。

この和《なご》やかな雰囲気が、いつまでも続いてほしいと俺は思う。

そうして、食事を終えた俺たちは就寝することになったのだった。

サイド：マチルダ

——深夜。

寝袋に包《くる》まるアタイの耳に、テントの中から「アンアン」とエリスとアカネの声が届いてくる。

まったく……五月蠅《うるさ》いったらありゃしない。

オマケにギシギシという動きの音もセットで耳に届いてくる。

しかし、まったく……。

こんなの聞いていると、どうしても変な気分になってくるんだよね。


——アタイだって女の子だ。


惚《ほ》れた男が、アタイ抜きで……横でそんなことをおっぱじめちまったら、そりゃあモンモンともするってもんさ。

しかし、本当に会ってその日の内に恋に落ちるなんてことあるもんなんだねえ……。

と、自分自身に呆《あき》れながらため息をつく。

「アンっ！　ああああああ！　旦那様ああああああ！」

だから、五月蠅いってんだよ！

でも……。腰を振っているサトルを想像すると、どうにもアタイはドキドキしてしまうんだ。

「あ……アタイも……アタイだって……」

アタイは一人、夜の静けさに中でこう呟いた。

「サトルとセックスしたい！」

でも、この想い……どうしたらいいんだろうね？

仮にアタイとサトルが恋仲になったとしても……サイズが違いすぎる。

かといって、お股《また》もこんなにキュンキュンしちゃってるし。

答えのない問答だ。

心の中でぐるぐると考えながら、アタイは深いため息と共に、悶々《もんもん》とした夜を過ごしたのだった。

サイド：サトル

先頭を切って歩くエリスが声を上げる。

「さあ！　先を急ぎましょうっ！」

彼女が指を差したのは野営地となった洞穴《どうけつ》の広場の先——最深部へと続く暗く深い穴だ。

「オークキングはこの奥にいるはずです」

俺たちの目的はただ一つ、フロストジャイアントを討《う》つことだ。

洞窟内を進むにつれ、俺たちは冷たい空気に包まれていく。

「寒いな……ちょっと尋常《じんじょう》じゃないぞこの寒さは」

奥に進むにつれて冷気が増していき、俺たち一行は寒さにカチカチと歯を合わせる。

そして歩くこと数十分、俺たちがたどり着いたのは、まさに氷結の地獄だった。

洞窟の最深部広間に広がるのは、氷漬《こおりづ》けのジャイアントオークたちの姿。

更にはジャイアントオークキングまでもが氷結の彫像になっていたのだから、俺たちが驚くのも無理はない。

「な、なんなのだコレは？」

アカネの言葉に俺も続ける。

「ジャイアントオークだけでなく……ジャイアントオークキングまで氷漬けだと？」

一体全体何が起きてるってんだ？

その時、重い足音が洞窟内に響き渡った。

ズシーン、ズシィーン――っ。

肺の奥を震わせるような重低音、その音は俺たちの緊張を高めていく。

そして現れたのは、約十五メートルの巨体を誇るフロストジャイアントだ。

「あ……あれが……氷の巨人……？　フロストジャイアントなのか⁉　なんというオーラだ！」

アカネの声に、微《かす》かに恐怖の色が混じっているのがよくわかる。

確かにアレは強者だ。

アカネはもちろん、はたして俺でも太刀打《たちう》ちできるかどうかはわからない。

「ど、どうして奴《やつ》は部下を氷漬けにしておるのじゃ？」

里長の問いに対して、マチルダが冷静に答えた。

「フロストジャイアントは残忍なんだ。自分の強さを見せつけるために、味方ですら殺しちまったんだろうね。しかし……こりゃまずいよ」

「まずいって、何がまずいんですかマチルダさん？」

「以前、アタイは奴と戦ったことがあるんだが、その時よりも遙かにパワーアップしているように感じるんだよ」

「パワーアップ？」

「ああ、昨日の戦いでわかったんだけどさ、恥《は》ずかしい話……アタイはサトルやアカネよりも遙かに弱い。以前のフロストジャイアント相手だったら少しは役に立てたかもしれないけれど、どうにも今回は……足手まといにしかなれそうにないよ」

悔《くや》しさをにじませながら、マチルダは首を左右に振った。

そんな緊迫した空気の中、アカネが前に一歩踏み出した。

「ここは私に任せてもらおう！」

彼女の声には決意がこもっている。

しかし、ぶっちゃけ俺は心配でたまらない。

エリスも同じ気持ちらしく、アカネに心配そうに声をかけた。

「大丈夫なんですか？　アカネさんは昨日、触手モンスターにやられたじゃないですか！　相手は大ボスなんですよ!?」

それには俺も同感だ。

最終的には勝ったとはいえ、一時的にしろ触手モンスターにやられてしまったアカネが……

大ボス相手に勝てるとは思えないからだ。

ってていうか、神姫羅刹のスキルは攻撃を受けてから発動する性質上、最初に一発食らう必要があるわけだ。

はたして、アカネがその一発を耐えられるかどうか……？

ビリビリと感じるフロストジャイアントというとんでもない強者の気配からしてどうなるかわからない。

「心配するな旦那様」

「……アカネ？」

凛とした面持ちでアカネは頷いた。

「確かに昨日、私は最初、触手モンスターに敗《やぶ》れた。しかし、あの時、私はアへ顔ダブルピースの領域にまで達していたのだ。アへ顔ダブルピースは特殊なアクメ状態で――つまりはアクメパワーはまだ残っている！」

アクメパワーって何なんだよっ!?

驚愕《きょうがく》する俺には構わず、アカネはフロストジャイアントへと駆け出した。

それと同時に彼女の叫び声が洞窟内に響き渡る。

「とりゃあああああ！」

抜刀《ばっとう》。

次いでアカネは地面を蹴《け》って高くジャンプする。

しかし、フロストジャイアントは空を舞う彼女の直線的な軌道《きどう》——その単純な動きの隙《すき》を見逃さなかった。

巨大な腕を大きく振りかぶって、アカネを待ち受ける体勢。

そして、バチンという音と共に、空中のアカネをハエ叩《たた》きよろしく打ち落としたのだ。

地面に叩きつけられたアカネの身体《からだ》は、まるで人形のようにゴロゴロと転がって、俺たちのところへと戻ってきた。

そうして、アカネは仰向《あおむ》けで横たわることになったのだ。

彼女はプルプルと震えながら、必死の力を両腕に込める。

力を振り絞《しぼ》って彼女は両手をゆっくりと上げる。その指先は徐々にピースサイン……いや、ダブルピースを形作ろうとしていた。

そして、その動きに呼応《こおう》したのは三人衆だ。

「来る……来る……っ！」

「出るぞ出るぞ出るぞ！」

「さあ、イケ！　イクんだ姫っ！」

そうしてダブルピースを完成させた彼女は、続けて自ら足を広げてM字開脚を完成させる。

その表情は徐々に弛緩《しかん》していき、遂《つい》に――

「んほおおおおおおおおおおおお！」

発情時のメスブタの鳴き声にも似た、鬼神の咆哮を上げたのだ。

「出たぁ――――！　アヘ顔ダブルピース!!!」

「あれぞ必勝のアヘ顔！」

「神姫羅刹っ！！！！！」

だから必勝のアヘ顔って何なんだよ!?

っていうか、アヘ顔ダブルピースにどれだけ信頼置いてるんだコイツらは!?

でも、まあ確かに……ここから、圧倒的なスピードとパワーで反撃を開始するんだろうな。

アクメパワーが残っているとは本人の言だが、さっきの動きは昨日の動きより全然悪かったし。

しかし、そんな俺の思いとは裏腹に、アカネは動かない。

つまり、アカネはアヘ顔ダブルピースの状態のまま硬直しているのだ。

それに反応したのは、やはり鬼人三人衆だった。

「ど、どういうことなんだ？」

「何故アカネ様は反撃に転じないのだ？」

「そもそも、どうしてアヘ顔のまま固まっているのだ？」

混乱の極《きわ》みに陥《おちい》る三人衆に、里長が重い口を開いた。

「これはまさか噂に名高い……アヘ顔硬直？」

俺は困惑しながらも里長に尋ねた。

「また変な造語が出てきたが、つまりはどういうことなんだ？」

「アヘ顔硬直とは、神姫羅刹のスキルの許容限界を超えるダメージを受けた場合、アヘ顔のまま戦闘不能に陥ってしまう現象なのじゃ！」

普通に戦闘不能ってことでよくねーか？

まあ、このエロゲを作った連中はここにはいないんだから、ツッコミを入れても仕方ない。

「わかった！　そういうことなら俺がやろう！」

こうなった以上、フロストジャイアントと戦える戦力は俺しかいない。

一歩を踏み出した俺に、エリスは羨望《せんぼう》の眼差しを向けてきた。

「旦那様は最強ですもんね！」

「アカネとの戦闘を見て確信したが、フロストジャイアントに対しては……チンコソードを使えば負けはない！」

と、俺は断言する。

アカネの暴走を止められなかったことは悔しいが、そのおかげでフロストジャイアントの正確な戦力は把握《はあく》できたつもりだ。

無論、アカネが命を賭《か》けて得たその情報を無駄にするわけにはいかない。

さて、ナマスに刻んでやるぜフロストジャイアント！

とりあえず、大量のチンコソードを呼び出すか。

と、俺は片手を掲《かか》げる。だが、その瞬間、俺は異変に気づいた。

「な……っ!?」

チンコソードが出ないだと？

これまでこんな現象は起きたことがない！

俺は驚愕に包まれる。

それに……普段から持っている剣。つまり、呼び出してない分の……普段使いのチンコソードも小さくなってしまっているぞ？

「これはまさか……？」

里長が重々しく言葉を漏らした。

「何か知っているのか、里長？」

俺は里長に問いかける。

さすがに年の功《こう》ってことで、里長は色々知っているみたいだからな。

もしもこの状況を打開できる手がかりがあるなら、すぐにでも教えてもらいたい。

「チンコソードは、使用者のイチモツと同じ性質を持つのを知っておりますよな？」

「ああ、名前からしてチンコソードだからな。それがどうかしたのか？」

「フロストジャイアントの影響で、今のここの気温はマイナス四十度といったところじゃろう。

つまり婿殿のイチモツは……」

神妙な面持ちで、里長は断言した。


「縮《ちぢ》こまって役に立たん状況ですじゃ！」


ほんとこの世界、酷い設定ばっかだな！

しかしまずいぞ……っ！

頼みの綱《つな》のチンコソードが役に立たないなんて！

このままじゃ、フロストジャイアントに勝つなんて到底《とうてい》無理だ！

「くそ……だったらどうすりゃ良いんだよ！」

俺はイライラしながら声を上げる。

が、しかし、里長は落ち着いた様子だ。

「サトル殿！　ワシに考えがありますじゃ！」

「考えとおっしゃいますと？」

「エリス！　一肌脱《ひとはだぬ》ぐのじゃ！」

エリスに呼びかけ、里長が告げる。

「この仕事は女のお主にしかできん仕事じゃ！」

エリスは少し戸惑いながら口を開いた。

「私にしかできない仕事……？」

くっそう……！

今回のフロストジャイアントは本当の強者だし、太公望戦以来の大ピンチだ……っ！

太公望の時は老師《ラオシー》が発動して、結局はオチャラケ展開になった。

が、どうやら今回ばかりはシリアスなパターンに移行している感じがする。

しかし……エリスにしかできないことだって？

里長はエリスに何を提案しようとしているんだろうか？

まさか生贄《いけにえ》でパワーアップとかじゃないだろうな？

と、俺の心配を知ってか知らでか、里長はあらん限りの声で叫んだ。

「脱ぐのじゃエリス！　脱いでサトル殿を勃起《ぼっき》させるのじゃ！」

やっぱり、どうやってもシリアスにはならないのね！

「わ、わかりました！　旦那様のためならいくらでも脱ぎましょう！」

彼女の声には決意が込められていた。

そして、服を脱ぎ捨てると共に、彼女はこう続けたのだ。

「こんなこともあろうかと、私は——エッチな下着を用意していたのです！」

どういう予知能力⁉

こんなこともあろうかとって、一体全体どういうことを想定してたんだよ⁉

が、確かにエリスの下着は凄くエッチだった。

赤の刺繡《ししゅう》をベースとしたブラとショーツで、アンダーヘアーがこれでもかというくらいに透けているという逸品だ。

無論、乳首も透けているが——元々からしてそこは丸出しだったので、特に感慨《かんがい》はない。

が、男の体というのは正直なもので、俺の持つチンコソードが反応し、その剣身《けんしん》は見る見るうちに大きくなっていった。

「ともかく助かったエリス！　この分なら十分戦えそうだぜ……っ！」

ひとまず安堵《あんど》したその時、里長が心配そうにこう言ったんだ。

「むぅ……見たところ婿殿のチンコソードは普段の七割。まだ刺激が足らんと見える。こうなっては最終手段じゃ……っ！」

そうして、覚悟を決めた表情の里長は自らの服に手をかけたのだ。

「ワシも脱ごうぞ！」

その言葉と共に、里長はフンドシ一丁になった。

シワシワのお肌に、ヨボヨボのお尻。

垂《た》れ下がった乳を見た瞬間、俺のチンコソードはヘナヘナと力を失い、萎《な》えてしまった。

それを見て、里長は困惑した様子でこう言ったのだ。

「むむ？　どうしてそんなことになっておるのじゃ!?」

そこはわかってよ里長！

「しかし……チンコソードが使えないとなると……っ！」

一体全体どうすりゃいいんだ!?

残る手段はエロボーナスで強化か、老師からのご都合主義パワーアップくらいしかないが……。

エリスとアカネとのエロボーナスは回収済みだ。

マチルダは巨人ってことで、サイズが違いすぎる。

そもそも、チンコが挿入《そうにゅう》できるかどうかってところからの問題だしな。

と、その時、アカネが目を覚ました。

「この状況はどういうことだ？」

エリスが明るい表情で答える。

「アカネさんは、アヘ顔硬直で気絶してたんですよ！」

「アヘ顔硬直だと？」

アカネは首を左右に振って唇《くちびる》を噛《か》みしめる。

「くっ……この私ともあろうものが、戦いの場で気絶だと？」

そして、彼女はガックリとうなだれてこう言ったのだ。

「これはなんという不覚をとってしまったのだ!!　武士にとって……戦わずに気絶とは、これ以上ない恥辱《ちじょく》だぞっ！」

いや、アヘ顔を連発する方が恥辱だと思うけどな。

「でもアカネさん！　めっちゃまずいんですよ！」

「どういうことだエリス？」

「旦那様のチンコソードがこの寒さで役に立たなくなったので、大ピンチなんです！」

「確かに…チンコソードの使い手は寒さに弱いと聞くな。何か策はあるのかエリス？」

アカネの言葉に「待ってました！」とばかりにエリスは胸を張った。

「勝算はあります！　だって旦那様はヒロインとセックスをすると強くなれるんですよ！」

「そうか！　その手があったか！」

二人の視線がマチルダに移る。

いや、エリスが言わんとすることはわかるが……相手は巨人だぜ？

そもそもマチルダとしても「今すぐセックスしてください！」「はいわかりました！」と、そんなことにはならんだろうし。

だが、そんな俺の心配をガン無視するところが、猫耳族が脳筋《のうきん》と呼ばれる所以《ゆえん》なのだ。

「マチルダさん！　今すぐ旦那様とセックスしてください！」

単刀直入《たんとうちょくにゅう》過ぎる！

こんな説得で、どこの世界に受け入れる女がいるってんだエリスよ！

しかし、そんなエリスの問いかけにマチルダはあっけらかんとした様子で答えた。

「そりゃあ、しろと言われればアタイは全然セックスするけどさ？」

するんかい！

でも一体どうして……？

いや、そういえばマチルダは俺に惚れていたフシがあったな。

しかし、マジでこの世界は色々とチョロすぎて心配になってくる。

「じゃあマチルダさん！　今すぐにセックスしてください！　今すぐにです！」

「セックスするのは良いんだけどさ、こんな外で？　しかも今すぐ？」

「今すぐです！　外でです！」

「いや、やっぱアタイには……ソレは問題があると思うんだよ」

そりゃあそうだ。

いきなりセックスをするって話だけでもとんでもないことなのに、公開野外露出《ろしゅつ》プレイは流石《さすが》にハードルが高いだろう。

そんな俺の考えを知ってか知らでか、マチルダは真剣な表情で言った。

「外でのセックス、そのこと自体はアタイ的に問題はねーがな」

問題しかねーだろ!?

そしてマチルダは悲しそうな顔になった。

「やっぱり……アタイは巨人なんだ。アタイのマ○コに、どうやったらサトルのチ○コが入るってんだい？」

確かにそりゃそうだ。

俺もずっと思ってたことだし、ゲーム内では下半身全体まるごと口に含まれるというような荒業《あらわざ》で処理されていたのだ。

悲しげな表情を浮かべるマチルダに、エリスが質問を投げかける。

「じゃあ……オーラルセックスはどうでしょうか？　旦那様が下半身を裸《はだか》にして、チ〇コごと下半身を吸うみたいな感じで……っ！」

やはり現実的な処理では、そうなってしまうだろう。

けれど、マチルダは首を左右に振ったのだ。

「アタイは……サトル君にガチで惚れてるんだよ。しかもアタイは処女なんだよ？　そんな状態でセックスと名の付く行為をするのに……ネタみたいなそんな感じのは……ちょっと……やっぱ無理だよそんなの！」

その表情は、まさしく恋する乙女《おとめ》だった。

「ネタみたいな感じ」を嫌がる理由として、これ以上説得力のあるものはない。

まあ、確かにゲーム内ではアマゾネスというよりは、バーバリアンみたいな感じで扱われていたもんな。

主人公に対してもガチ惚れというよりは……戦友を使って自分の性的処理をしていたくらいの描写だったし。

ともあれ、ガチ惚れってことで、この状況においてもそういうことに抵抗があるのは理解できる。

しかし、これは本当に困ったぞ。

エロボーナスを得られないとすれば、あとは全滅しか残っていない！

——マスター？　お困りのようですので、スキル：ラッキードスケベを授けます

待ってたぜ老師！　やっぱりお前が一番頼れる！

でも、ラッキードスケべってのはどんなスキルなんだ？

——マチルダとセックスを達成し、エロボーナスを受けるのに最も有効度の高いスキルと判断しました

ラッキードスケベでセックス？

はたして、これはどういうことなんだろうか？

——それでは、スキル：ラッキードスケベが発動します

どうやらスキルも発動したみたいだし、こうなったら後は流れに身を任せるしかないな！

ラッキースケべっていう単語ならば、何となくは想像できる。

が……今回はドスケベだからな。一体このスキルではどんなことが起きるって言うんだよ？

そんなことを思っていると、いきなり最初の異変が訪れたんだ。

「旦那様！　何故か突然、突風が吹いてきました！」

その言葉と同時に、確かに猛烈な突風が洞窟内に吹き荒れる。

なるほど、まずはそう来たか。

イタズラな風が吹いて「イヤーン！」っていうのはラブコメの定番だが、そこはラッキー『ド』スケベだ。

パンチラくらいで終わるとは思えないが……はたして、どうなるんだ？

すると、ラッキードスケベのスキルは俺の想像を遥かに超えてきた。

「イヤーン！」

マチルダがラブコメよろしくそんな感じの言葉を発すると同時に、彼女はやっぱりめくれようとする腰ミノを両手で防御《ぼうぎょ》したんだが――

――腰ミノの結び目の部分がほどけたのだ。

何故、結び目がほどけたのかはわからない。

が……そこはラッキードスケベという超常的な力のなせる業《わざ》だろう。

ともかく、腰ミノが飛んでいって彼女のショーツが露《あら》わになった。

マチルダのショーツはいわゆる紐《ひも》パンというやつで、腰の両サイドに結び目があるタイプだ。

と、その時、鬼人三人衆が弓矢を構えた。

「おのれフロストジャイアント！」

「我ら鬼人の矢をくらええええ！」

これまでの道中、自分たちを足手まといと断じて一切の戦闘活動を自粛《じしゅく》していた彼らが、何故突然やる気を出したのかわからない。

ともかく、彼らは弓矢を構えてフロストジャイアント目がけて――

「ああ――！　矢がすっぽ抜けてあらぬ方向に――!!!」

「俺もすっぽ抜けた――！」

「俺もだ――！」

棒読みでそう言うと同時に、二本の矢はマチルダに向かっていく。そして――


――紐パンの結び目の部分を撃ち抜いた。


マチルダのショーツはヒラヒラと地面に向けて落ちていく。

いやいやいやいやいやいやいや！

そうはならんだろ？

と、俺が困惑していると、アカネがこちらに駆け寄ってきた。

「旦那様！　危ない！」

残る一本のすっぽ抜けた矢がこちらに向かってきていて、アカネは俺を助けようとしているらしい。

「ああ！　こんなところに小石が！」

やはり棒読みでアカネはそう言って、彼女はその場で石につまずいてコケたのだ。

「ああ！　なんということだ！　旦那様のズボンが!!!」

コケる寸前、アカネは俺に摑《つか》まろうとして、眼前にあった俺のズボンの両端を摑んだ。

そして、そのまま倒れ込み、ズボンがトランクスごと真下に向かってズリ下げられた。

これにて、俺とマチルダは共に下半身裸となった。

つまり、セックスの前段階の準備が完了したことになる。


――いや……すげえよ、ラッキードスケベ。


素直に感心してしまった。

その時、俺の耳に神の声が響いた。

――スキル：ラッキードスケベが最終段階に達しました。ファイナルフュージョンを承認します

承認されてしまったからには、あとはドッキングしか残されていないわけだ。

しかし、はたしてこれから……何が起きるのか？

ここまでくると、俺もちょっと楽しくなってきているのもまた事実。

ラッキードスケベの底力に期待せざるを得ない状況だ。

しかし、その時、ここまでずっと沈黙を貫《つらぬ》いてきたフロストジャイアントが動いた。

「ブオオオオオオアアアアアア！」

獣のような咆哮と共に、俺に突進してくるフロストジャイアント。

瞬く間に俺を右掌で鷲掴《わしづか》みにし、天井に向けて放り投げる。

しばしの空中浮遊の後、俺は天井に背中からぶち当たった。

今度は必然的に、俺は地面に向けての落下軌道に入る。

その間、フロストジャイアントはマチルダにショルダータックルをかましていた。

ショルダータックルを受けたマチルダは派手《はで》に吹っ飛び、ゴロゴロと転がる。

そして、彼女は最終的に仰向けで両足を大きく広げ、M字開脚の状態で止まったのだ。一方、

落下する俺の位置はジャスト――

――マチルダのマ○コだった。


凄い……っ！　凄すぎる！

どうなってんだよ、ラッキードスケベのスキル！！！

まさか、フロストジャイアントまでをも利用してこの状況を作り上げるとはな。

そうして俺はマチルダのマ○コに向かって、そのまま頭から――


――ズボっと膣《ちつ》内に突入した。


結果、暖かい暗闇《くらやみ》に俺は包まれることになった。

まあ、いま俺がいる場所はそのものズバリでマチルダのマ○コの中だ。

だが……これは一体どういう状況なんだろう？

セックスと言うよりは、むしろ出産に近いと思うんだが、はたして、これでセックス認定されるのだろうか？

――マチルダとのセックスを確認しました。エロボーナスを取得できます

認定されちゃったよ！

世界で初めてだと思うぞ、こんな形でのセックスは⁉

いや、まあ……。

確かにマ○コとチンコはゴム無しで触れ合ってはいるんだけどさ。

それはともかく、俺は泳ぐように手足を動かして、マチルダの膣内から這《は》い上がる。

そして外に出た瞬間「……良かったよサトル」と恍惚の表情を浮かべているマチルダを確認したのだ。

いや…………まあ、良かったのなら良いけどね。

それはともかくエロボーナスのおかげで俺は今、新たな力と闘志に満ち溢《あふ》れている！

その力は爆発的に体内を駆け巡《めぐ》り、俺の内側どころか外側にまでオーラとなって飛び出していきそうな勢いだ。

「おい、デカブツ！」

あらん限りの大声で呼びかけると、フロストジャイアントがこちらを振り向いた。

そして俺は剣を手にし、巨人に立ち向かったのだ。

「よくもこれまで好き勝手やってくれたな！」

この一連の流れで、好き勝手やってたのは俺たちのような気がする。

が、それはそれで、これはこれだ。

剣を振りかぶる手に力を込め、俺はフロストジャイアントに向かって突進した。

そうしてその顔面に向けて跳躍《ちょうやく》。

頭の高さを超えて、そのまま眼下のフロストジャイアントに向けて落下軌道に入る。

俺は落下速度も利用しながら剣を振り下ろし——チンコソードの力の全てを解き放った。


「巨人殲滅剣《ジャイアントキリング・チンコソード》!」


俺の剣がフロストジャイアントの体を一刀両断し、血しぶきが舞い散る。

「ブオアアアアアアアアア!!!」

フロストジャイアントは断末魔《だんまつま》の咆哮を上げ、すぐに力を失い地面に倒れ伏した。

そして、あっという間に地面に血の海を広げていく。


——ドシィ——————ン!!!

洞窟内に轟音を響かせ、地面が揺れるほどの衝撃が走った。

エリスが目を真ん丸に見開き、感嘆の声を上げた。

「す……凄いです、旦那様！」

アカネが冷や汗《あせ》と共にこう言った。

「信じられん……っ！　なんというデカさの……チンコソードなのだ……っ！」

そして最後にマチルダが満足そうに頷いた。

「やったねサトル君！　さすがはアタイの惚れた男だよ！」

そんな彼女たちに、俺は笑って応じたのだった。

☆★☆★☆★

フロストジャイアントを倒したことで、巨人の里の態度は一変した。

「フロストジャイアントを倒したんだっぺ？　こいつはおったまげただ！」

里の皆は悪の巨人を倒した俺たちを英雄扱いし、職業派遣業の話もあっという間にまとまったのだ。

「英雄様が悪い人のわけがねえ！　詐欺扱いしてすまなかったな！」

見事な掌返《てのひらがえ》し具合に、どうかと思う。

けど、実際に俺たちはボッタくる気はないし、外貨を稼ぎたい彼らにとっても良い提案だろう。

まあ、これにて一件落着ってことだな。

ちなみに、後の話になるが、このあと数カ月の間に巨人の派遣業は急速に拡大することになった。

まずは、王国の鉱山や大森林の開拓地域への派遣が始まった。

目論見《もくろみ》通り、巨人たちの圧倒的なパワーが、そこでの仕事の作業効率を劇的に改善させたのだ。

まあ、考えてみたら当たり前の話で、機材もなしに素手で樹木を根っこから引き抜いたりするんだからな。

人力ブルドーザーよろしく大森林の開拓も進み、かつては数カ月かけていた鉱山の生産目標が数日で達成できるようにもなった。

巨人は力が強すぎるあまり危険ということで、あることないこと噂に尾ひれがついていただけで、根は素朴《そぼく》で純粋な働き者だ。

労働力としての巨人が、どんどん評判になって、引く手あまたになったのは自然な結果と言えるだろう。

他に面白《おもしろ》かったのは、シルヴィアと組んでアイスクリーム事業の宣伝をさせたことだな。

巨人が超巨大なボウルをかき混ぜて、シルヴィアの冷気ブレスでアイスクリームを冷やす。

それを、空中曲芸までしながらやるんだもんな。

それはもう、色んな街や村が沸きに沸いているらしい。

で、これは後々の話なんだが——。

肝心《かんじん》の派遣業の儲けについてはとんでもないことになった。

巨人一人当たりの労働力が、力作業だと人間三十人分で取引されることになったんだ。

つまり、彼らはとんでもない高給取りになったわけで……ということは、バックマージンが入る俺にもとんでもない金額が転がり込んでくるようになった。

正直、笑いが止まらない。

このままだと俺は異世界におけるイー○ン・マスクやビル・ゲ○ツになってしまうかも……とか、そんなことすら思えてくるほどだ。

そして、巨額の外貨を稼ぐことで、巨人族たちの生活も一変した。

彼らは文明的な生活ができるようになり、巨人の里は喜びに包まれることになったのだ。

巨人族たちの住居は以前の原始的なものから、石造《いしづく》りの立派《りっぱ》な家屋へと変わっていった。

まあ、サイズがサイズなので資材購入金額もとんでもないことになるんだが、彼らは高給取りなので急速に文明化を進めることができている。

里には街灯が灯《とも》り、道路が整備されていく中で、今度……なんと小学校ができるらしい。

彼らが便利で文明的な生活を過ごせるようになったことは喜ばしい。

だけど、俺としては教育制度が始まったことが、何より嬉《うれ》しかったりする。

まあ、それはさておき、その後のマチルダだが——彼女は意外な就職先に就《つ》くことになった。

サイド：風俗街の人々　～フロストジャイアント討伐から半年後～

風俗街で有名なアイスクリームチェーン店。

それを取り仕切る、エリスという女——。

彼女は巷《ちまた》で敏腕《びんわん》事業経営者として頭角を現してきている。

エリス印《じるし》のブランドといえば、巨人の斡旋紹介業を含め、今や新事業の成功を約束する代名詞ともなっているのだ。

そんな彼女が、風俗街で新しい事業を始めたのだ。これが話題にならないわけがない。

件《くだん》の、エリスの新規飲食店は街はずれにある。

大きさは地球でいうところの野球場の半分ほどの広さで、やはりそこにはエリス印の看板《かんばん》が誇らしげに立てられている。

　さすがは敏腕ということで、二カ月前にできた店は大繁盛《はんじょう》だった。

　ウェイトレスたちが忙しく駆け回り、客たちが笑顔で楽しんでいる。

　だが、常連客の笑顔の中で、新規客の禿《は》げ頭の男が声を荒らげたのだ。

「オイオイ、ここの店高すぎだろ？　この肉を茹《ゆ》でた料理……この肉の量だと相場の五倍くらいするんじゃねーか？」

「へへへ、まあ焦《あせ》るなって。高いのには理由があるんだよ」

「理由？」

「ああ、もう少しでパフォーマンスが始まるから待ってろ」

　そして時計の針が十九時を指し示すと同時に、店内の雰囲気が一変した。

　店の広場には興奮《こうふん》の空気が漂い、客たちが一体となって心を躍《おど》らせている。

　客たちがワクワクと期待に胸を膨《ふく》らませている様子は、まるで春の訪れを待ちわびる子供たちのようだった。

　あるいは、待ちに待ったサーカス団が街にやってくる日のような——そんな雰囲気だった。

　客たちは瞳を輝かせ、笑顔を浮かべながら、その瞬間を待ちわびていた。

　すると、ドシンドシンと重厚な足音と共に、巨人のウェイトレスが颯爽《さっそう》と広場に入ってきた。

「おお！　マチルダだぜ！」

「待ってました看板娘！」

彼女の身長は、なんと十五メートルを超えるということで非常に高い。

その存在感は圧巻としか表現のしようがないものだ。

しかしながら、その巨人はサイズの関係で、通常の給仕業務をこなすことはできない。

が、彼女の仕事は歩き回ることだけなので、そこについては何ら問題は発生しないのだ。

「こりゃすげえ！　巨人の姉ちゃんじゃねえか！　こんなものが見られるなら見物料金ってことでこの値段も頷けるな！」

禿げ頭の男は、マチルダの歩く姿を見て驚きを隠せないようだ。

まるで神話や伝説から抜け出してきたような存在――。

そんな錯覚《さっかく》さえ覚えるほど、確かに彼女の巨大な体躯は圧倒的な存在感を放っていた。

その威厳《いげん》ある姿と凛々しい歩みに、客席からは歓声が上がり、高揚した空気が店内に広がった。

「確かに巨人ってだけでスゲエが、この店は巨人が見れるだけじゃねーんだぜ？」

そう言うと、男はニヤリと怪《あや》しく笑った。

「ど、どういうことなんだ？」

禿げ頭の男がそう言ったその時、マチルダは二人の男の席を――大きく足を上げて頭上を跨《また》ぎ越える形で通り過ぎようとした。

「ひゃあ！　やっぱり巨人は乱暴者だ！　俺を踏みつぶす気なんだ！」

「違う違う、ちゃんと見てみな？」

上を指さす男に従い、怯えた様子の禿げ頭の男は頭上を見上げた。

「こ……これは……っ!?」

はたして、彼の頭上に広がっていた光景、それは――


――ノーパンのウェイトレスのスカート内だった。


驚愕のあまり、禿げ頭の男は大口をあんぐりと開いた。

「こ……これは？」

「ああ、ここはノーパンの巨人のウェイトレスが歩いてるんだよ」

「そ、そいつは……とんでもねえな！」

この店が流行っている理由。

それがよくわかったとばかりに、禿げ頭の男は大きく頷いた。

「それにこの料理も美味いんだぜ？　なんてもエリスグループの総帥《そうすい》……エリスの旦那が考案した料理らしいんだがな」

「ほう、確かにこりゃ美味い。タレが辛《から》いような酸《す》っぱいような……？　あと、肉を熱湯に潜《くぐ》らせてすぐに食べられるってのも良いな！」

「シャブシャブっていう料理らしいんだ。鍋《なべ》をつつきながら巨人の御開帳《ごかいちょう》を眺《なが》めるって趣向で、この店も大繁盛してんだよ！」

そう、その店はかつて日本で大流行を博したノーパンしゃぶしゃぶを扱う料理店だったのだ。

こうして——

——飯島《いいじま》サトルの異世界における、新たなエロ伝説が刻まれたのだった。


ちなみに、マチルダは一回セックスしたらそれで良かったようで、サイズの問題からサトルハーレム入りを辞退した。

というのも彼女はフロストジャイアントとの一戦で、公開野外セックスを経験してしまっている。

その際、鬼人三人衆にマ〇コを見られたことから、彼女は新しい性癖《せいへき》に目覚めたのだ。

彼女はサトルのことも、もちろん好きだし慕《した》っている。

実際に、たまに呼ばれてセックスすることもある。

そしてもちろん、サトルの要請《ようせい》があれば、巨人としての力を活《い》かして手助けをする気概《きがい》もある。

が……。

やはりハーレム入りするには、サイズの問題があって色々難しいのだ。そして、そこを彼女は気にしていたのだ。

それに、何よりも――新《まさ》しく目覚めた露出癖という性癖。

その未知の性的誘惑が勝ってしまったため、彼女はノーパンしゃぶしゃぶ屋店員の道を選ぶことになった。

第四章　決戦！　スペルマ国攻防戦！

サイド：サトル

――時はさかのぼり現在。


巨人の里では色々あった。

マチルダが、何故《なぜ》か風俗街に興味があると言い出したのだ。

「それも仕事の斡旋《あっせん》だろ？　アタイはストリップショーに興味があるんだ！」

ニコニコ笑顔で言われてしまったので、俺としては対応に困った。

とはいえ、本人がそういう仕事をしたいというのだ。

俺としても、止める理由は何もない。

サキュバスの娼館《しょうかん》ならツテがあるしな。俺の手紙を持たせれば……まあ、最大限のことをしてくれるだろう。

ただ、その時、エリスが「マチルダさんがストリップ……？　ここに旦那様《だんな》の地球産のアイデアを組み合わせれば……うーん……？」と、何やら考えており、それは気になった。

そして、俺たちはここで鬼人《きじん》三人衆とは別れることになった。

彼らの仕事は斡旋業の地固めだ。

つまり、このまま猫耳族や、大森林の周辺王国と連絡を取ったりする業務を担《にな》うことになったのだ。

開拓や鉱山なんかの仕事があることは既《すで》にわかっている。

なので、とにもかくにも、仕事と巨人をつなぐ人間を置かないといけないわけだ。

☆★☆★☆★

と、まあ、そんなこんなで、俺たちはスペルマ国へと向かう旅を再開した。

ちなみにスペルマ国の国境に向かうには山を越える必要がある。

なので、俺たちは山越えのルートを行くことになったのだ。

草原を抜けて山道へと移り、山を登っていくにつれて雪の量は徐々《じょじょ》に増えていった。

初めはわずかに白く染まった岩肌《いわはだ》が見え隠れする程度だったが、高度が上がると足元にもふかふかの雪が現れた。

空気は薄く、寒さが増していく。呼吸するたびに、鼻から喉《のど》へと冷気が通り抜け、その刺激が疲れた体に響くのは自然なことだろう。

木々は雪に覆《おお》われ、枝と枝の間から重たく積もった雪が時折落ちる。

その音さえも、周りの静けさに吸い込まれてしまうようだ。

しかし、その全《すべ》てを包み込む寒気も、目の前に広がる光景を目にした瞬間に吹き飛んでしまった。

というのも、山を登り切った俺たちは、雪深い山中で一つの珍《めずら》しい発見をしたのだ。それはつまり――


――温泉だ。


しかも、これは普通の温泉地にあるようなものではない。

人の手がほとんど加えられていない、自然が作り出した天然の野天《のてん》風呂だったのだ。

温泉は小さな岩場に囲まれ、その中心から湯煙がもくもくと上がっている。

ってことで、俺たちは野営することにした。

時刻は夕暮れ前だ。この温泉を見つけたからには、ここで一晩過ごすのもオツってもんだからな。

テントを張って、焚《た》き木を全開で燃やして……防寒対策もバッチリになったところでエリスが声を上げた。

「温泉に入りましょうよ旦那様！」

ニコニコ笑顔でそう言う。アカネは彼女に賛同するように大きく頷《うなず》いた。

「夫婦水入らずで混浴といきましょう！」

そして、その言葉に頬《ほお》を膨《ふく》らませたのは里長《さとおさ》だ。

「この老骨も混浴でみんなと一緒に入りたいですわい！」

「いや、さすがに里長はまずいだろ」

だって、嫁じゃねーしな。

と、思わず俺がツッコミを入れたその時、雪の中から三人の女性が姿を現した。

彼女たちは互いに視線を交わし、そして一斉《いっせい》に笑みを浮かべる。

「温泉？　また私たちをノケモノにするつもりなの？」

そう言ったのはチャイナドレスの太公望《たいこうぼう》だ。

「さすがにボクたちも寂《さび》しいよ」

ナターシャが、股間《こかん》をモッコリさせながら抗弁の声を上げる。

そして最後に妖艶《ようえん》な微笑を浮かべながら言葉を発したのは、サキュバスの風俗店の店長だった。

「風俗街に革命をもたらした貴方《あなた》に、そろそろお礼をしないといけないと思いまして……」

と、まあ、俺の嫁である太公望とナターシャ、そしてサキュバスの風俗店の店長が現れたわけだ。

「ど、どうしてこんなところに⁉　お前らは色々忙しいんじゃねーのか？」

俺の問いかけに太公望は深いため息をついた。

「だって、最近……全然セックスしてくれないのだもの」

確かにそりゃそうだ。

スペルマ国への旅を始めてからというもの、彼女たちは完全に空気だったのは否《いな》めない。

と、そこで三人娘は、冬山だというのに自身の服を脱ぎ始めたのだ。

「こ……これは⁉」

そして、目にしたのは穴あき下着を穿《は》いた三人の姿だった。

エメラルドグリーンの太公望の下着は、下の部分が紐《ひも》だけで構成されている。つまりマ○コが丸見えだ。

黒のショーツのナターシャの下着も、これまた紐だけでできているので、股間がモッコリどころか……完全エレクチオン状態になっているのがマジマジとわかる。

サキュバスの店長の下着はブラもショーツも紐だけで、おっぱいとアソコがやはり丸見えとなっている。

「この下着は娼館で流行《はや》っているものですから、せっかくなので使おうと思いまして」

サキュバスの店長の言葉を聞いて、俺は素直な気持ちでこう言った。

「お……お前ら……寒くないのか？」

そうなのだ。

ここは雪山で、彼女たちがまとっているのは基本的に紐だけで構成されている穴あき下着だけなのだ。

エロいとかエロくないとか以前に、寒くないのかが気になるのは人情だろう。

が、そんな俺の言葉に太公望は胸を張りながらこう応じた。

「今から運動するんだから……寒くないわっ！」

太公望の言葉と同時に、俺はタックルを仕掛けてきたナターシャの肩に担《かつ》がれてしまう。

エリスとアカネも参戦して、彼女たちは俺の服を脱がしにかかってきた。

「うわっ！　やめろ！　やめろ！　寒いって！」

「こうすれば寒くないよ！」

そう言ってナターシャが俺を温泉に向けて放り投げた。

ザッパーン！

で、俺は温泉に頭からダイブしたわけだが……あ、本当に寒くないな？

そう思っていると、エリスとアカネも服を脱いで温泉に入ってきた。

続いて、三人娘も下着を脱いで温泉に入って来たんだけど……いや、脱ぐんだったら穴あき下着の意味なくない？

そんなことを思ったけれど、まあこの状況であればやることは一つだ。

「かかってこいお前ら！」

俺の言葉に「応《おう》！」とばかりに我先《われさき》にと嫁たちが群がってくる。

「これは……老骨には刺激が強すぎますじゃ！」

と、まあ――。

そんな感じで赤面した里長がテントに入ったところで、俺たちは温泉をゆっくりと楽しんだのだった。

☆★☆★☆★

翌日、三人娘は本当に忙しいということで、俺たちとは別行動になった。

そして、俺たちはスペルマ国に再度向かうことになったのだが――その旅路は長く険しいものとなった。

北方へと進むにつれ道は徐々に荒れていき、雪に覆われた風景が広がった。

吹きすさぶ風が凍《い》てつくような寒さを伴《ともな》って、俺たちの身体《からだ》を貫《つらぬ》いていく。

道の両側には雪の壁がそびえ立ち、まるで巨大な氷の城のように見えた。

そんな中、雪原の木陰《こかげ》から一人の男が姿を現した。

彼は銀髪を風になびかせて立っており、どうやら俺たちが来るのを静かに待っているようだった。

ん？

この男……見覚えがあるぞ!?　このベレー帽はひょっとして……っ！

コイツの登場に、俺は驚きを隠せなかった。

「お前は……ムッツリン？　衛兵《えいへい》に引き渡したはずじゃなかったか？」

俺の問いかけに、ムッツリンは悪びれることなく銀髪を揺らして答えた。

「これでも俺はＳＳ級賞金首のムッツリンだぜ？　衛兵から逃げるなんてワケはねえんだ！」

剣を抜く音が響き、ムッツリンが挑戦的な眼差《まなざ》しを向けてくる。

「これでも俺は武に生きる人間だ。やられっぱなしってのは性《しょう》に合わん。リベンジマッチを受けてくれねーか兄ちゃん？」
ムッツリンの瞳《ひとみ》に宿るのは、確かな意思。
彼の目からは闘志の炎が見える。それは今にも飛び出てきそうな勢いで燃えている。
と、その時、エリスが口を開いた。
「無謀《むぼう》ですよムッツリンさん！　貴方は早漏《そうろう》なんでしょ!?　チンコソードの使い手が早漏って
ことは、チンコソードがまともに使えないってことなんです！　旦那様は早漏だけど数だけは
打てるんです！　でも、貴方は早漏のままです！　早漏っていう弱点を克服しない限りは絶対
に勝てないんですよ！」
更《さら》にエリスが、マシンガンのようにムッツリンに言葉の弾丸《だんがん》をぶつける。
「早漏っていうのはそう簡単には治りません！　つまり早漏の貴方がリベンジマッチを申し込
んでも結果は同じなんです！　早漏には無理なんです！　諦《あきら》めましょうよ、早漏なんですか
ら！」
やめてくれエリス！
早漏の連呼《れんこ》はコイツだけじゃなくて、俺にも刺さるから！
確かに数は打てるから夜の生活も困りはしない。
けど……俺《い》も結構気にしてんだからさ！
「そいつは要らない心配だぜお嬢ちゃん。確かに俺は早漏だし、その弱点の克服は未《いま》だできて

いない」

　ムッツリンの静かな口調には、確《かく》とした自信が溢《あふ》れていた。

「だが、俺は新技《しんわざ》を身につけたんだ」

「新技だとっ⁉」

　確かに以前に対峙《たいじ》した時、ムッツリンは強者《つわもの》だった。

　あの手練《てだ》れが、これほどに自信を持っている新スキルだと？

　これは、一筋縄《ひとすじなわ》ではいかないかもしれないぞ……！

　俺はゴクリと息を飲んだ。

「俺は早さという弱点を克服するんじゃなくて、早さを活《い》かす方向での戦い方を身につけたんだよ」

「早さを活かすだって？」

　俺が問い返すと、ムッツリンは冷酷な微笑と共に剣を手に取った。

　そのムッツリンが持つ剣から、生命を宿したかのような力強いオーラが溢れ出した。

　そのオーラは、剣の根元から現れ、やがて剣全体を包み込むようにして輝きを放っている。

　そして次の瞬間――。

　剣の先端に、オーラが集中したのだ。

　すると突然、ムッツリンの剣からオーラの弾《たま》が放たれる。

向かう先は少し離れたところにある大岩で、オーラの弾がその大岩を一撃のもとに粉砕《ふんさい》したのだ。

と同時に、エリスが驚きの声を上げた。

「凄《すご》い威力《いりょく》です！　これは……オーラを放出して岩を攻撃したんですか!?」

ムッツリンは自信に満ちた笑顔を浮かべて頷いた。

「ご名答」

「いつの間にこんな技を……っ！　いや、それ以前に……チンコソードでこんなことができるのか？」

確かにムッツリンが使用しているのはチンコソードだ。

しかし、同じくチンコソードの使い手である俺にはこんな芸当はできやしない。

「ふふ、驚いているようだな？　チンコソードは自《みずか》らのイチモツと同じ性質を持つんだ。闘志が昂《たかぶ》ればチンコソードはオーラを帯び、闘志が絶頂となれば――オーラを攻撃用として射出することも可能ってことだ!!」

「チンコソードにそんな使い方があったなんて！」

まあ、要は、射精を遠距離攻撃技に見立てているって話なんだがな。

「俺はこの技をこう名付けた――」

そして、ニヤリと口角を上げて、ムッツリンは言葉を続ける。

「獅子王闘気射出剣《ガンシヤソード》」

ルビどうなってんだ!?　獅子王どこいったんだよ!?

そこでアカネが神妙《しんみょう》な面持《おもも》ちになる。

「私も刀《かたな》の道に生きる者だ。闘気剣の類《たぐい》はある程度使える。が、しかし……射出できるほどのオーラを貯《た》めるには、かなりの時間がかかるのでは？」

ムッツリンは、その笑みに嘲笑《ちょうしょう》の色を混ぜる。

「オイオイ、今までの話を聞いてなかったのか姉ちゃん？　俺は早漏なんだよ。オーラ射出もそれと同じく、常人《じょうじん》の千分の一の時間で使用可能だ」

「ま、まさか……貴様は……武人の到達地点である……」

驚愕《きょうがく》の表情で、アカネは言葉を続ける。

「みこすり半の境地にまで達したと言うのかっ!?」

また出たよ変な造語！

それが到達地点って、この世界の武人は大丈夫なのか!?

そんな俺の動揺にはお構いなしに、アカネは会話を続ける。

「みこすり半の境地といえば、古来、闘気を扱う武道では最上位の極意《ごくい》と言われているモノだ。いくら早漏といえども、二十代半ばでの修得例は過去にもほとんどないはず……っ！」

首を左右に振りながら、アカネは悲壮《ひそう》な表情で俺に訴えかけてきた。

「旦那様……この者は危険です！　この男の早漏具合は尋常《じんじょう》ではありません！　本番のセックスにおいては、恐らくはみこすり半どころか……挿入《そうにゅう》と同時に果ててしまうほどの早さでしょう！」

早漏と危険って言葉のコラボ、初めて聞いたよ！

くっそう……この世界は俺に……とことんまで、シリアスなバトルをやらせるつもりはねーみたいだな！

「さあ、これ以上は言葉じゃなくて剣で語ろうぜ、兄ちゃん！」

新技を引っ提《さ》げて現れたくらいだ。

気は進まないが……やはり選択肢《し》は戦闘しか残っていないか。

俺は剣を手に取り、ムッツリンと向かい合った。

そして、俺は自らのチンコソードにあらん限りの闘気を込める。

と、その時——。

ムッツリンが口笛を吹く音が聞こえた。

同時に表情が変わり、ムッツリンは剣を腰の鞘《さや》に収めたのだ。

「気が変わった。やめだ、やめ」

「やめ……？　どういうことだ？」

ムッツリンは降参《こうさん》だとばかりに肩をすくめる。

「兄ちゃんのチンコソードを見てわかったんだよ。この短期間に何があったかわからんが、桁《けた》違《ちが》いに腕を上げてやがるな。今の俺じゃあ逆立ちしたって勝てやしねえ」

確かに、俺はマチルダとのセックスボーナスで強くなってはいる。

前回、途中までは俺と互角《ごかく》の死闘を演じたムッツリンだ。

更に新技を引っ提げてきた彼が「勝てない」と断言するからには、俺は驚異《きょうい》的なパワーアップを果たしているのだろう。

「さすがは俺がライバルと認めた男だ。ふっ……全くもって。大したタマだよ」

どうやら、もう敵対するつもりはないらしい。

だが、続くムッツリンの言葉は、俺を凍《こお》りつかせるものだった。

「いや、この場合は、初めて出会ったライバル。つまりは俺と同じ……みこすり半の領域にまで達した早漏仲間っていうほうが適切かな？」

俺はそこまで早くねえ！

そこでムッツリンは踵《きびす》を返して、後ろ手を振りながらこう言った。

「ともあれ、俺は修行の旅に出ようと思う。兄ちゃんと同じレベルの力を身につけた時に、もう一度リベンジマッチをさせてくれ」

歩き始めるムッツリンの背中に、アカネが声をかける。

「ところで……ムッツリン殿？」

「何だ、姉ちゃん？」

「私は鬼人族の姫として、以前貴方にお目にかかったことがある記憶があるのだが……」

その言葉と同時にムッツリンは足を止め、こちらを振り向いた。

「ムッツリン殿……いや、貴方はスペルマ国第八王子……ソウローン王子では？」

彼の表情には驚きと混乱が交錯《こうさく》しているように見える。

なんだ？　ムッツリンがソウローン王子？　それってどういうことなんだ？

「ソウローン王子って……どういうことなんだアカネ？」

アカネは静かに頷いた。

「旦那様。この男……いや、この方はソウローン王子で間違いないのだ」

ムッツリンは不機嫌そうに舌打《したう》ちし、「まさかこんなところで身バレするとはな」と呟《つぶや》いた。

俺は驚きと疑問を隠せなかった。

「で、でも……どうして王子が山賊《さんぞく》の用心棒《ようじんぼう》なんてやってたんですか？」

そう聞かれて、ムッツリンは照《て》れくさそうに笑う。

「俺とお前の仲じゃねーか。急に敬語なんてやめてくれよ」

いや、『俺とお前の仲じゃねーか』と呼ばれるほどのイベントは、これまで何一つないんですが!?

勝手にライバル扱いしてるし、みこすり半仲間とか言ってくるし、どうにもコイツは距離感がおかしい奴《やつ》みたいだな。

「け、敬語はやめるけどさ。どうして山賊の用心棒なんかを？」

「ソウローン王子の口からは説明しにくいだろう……。ここは私から説明させてもらってもいいだろうか？」

しばし考え、ムッツリンは無言で頷いた。

「ソウローン王子は民に優しいことで有名でな。幼少期から市井《しせい》の民が困っていることはないかとお忍びで街を歩き回っていたのだ。そして青年となり、剣術の達人《たつじん》になった王子はお忍びで街を歩くついでに、悪徳領主や極悪《ごくあく》大商人を成敗《せいばい》して回るようになったのだ」

暴れん○将軍とか水《み》○黄門《こうもん》とか、そういうノリの王子様ってことか？

「他にはそうだな……。王子の逸話《いつわ》で何より有名なのは、社交界で半《なか》ば伝説となっているあの話だろう」

「社交界の伝説……？」

「王子にはかつて許嫁《いいなずけ》がいたのだ。隣国の大国姫で、それはそれは美しい姫君だったそうだ。

だが、その大国は戦争で負け、王子の許嫁は敵国の手に落ちてしまった」

憂《うれ》いに満ちた表情でアカネは言葉を続ける。

「酷《ひど》い扱いを受けると思いきや、敵国の大将軍が姫君を保護し丁重《ていちょう》に扱ったという。その理由は一目惚《ひとめぼ》れだったということだな。そしてほどなく、姫君は自身に優しく接してくれる将軍と恋に落ちた」

「そ、それでどうなったんだ？」

「ソウローン王子と姫君は許嫁だけあって、それまで幾度《いくど》となく枕を共にしていたのだが……それはさておき、そうして迎えた姫と将軍の初夜。つまり姫にとって将軍は二人目の男だったということだ」

この時アカネの声は一層深みを増し、ムッツリン……いや、ソウローンはまつ毛を伏せて顔を下に向けた。

「――その夜、姫君がベッドで驚きの表情で発した言葉が伝説となっているのだ」

「続けてくれ」

そしてアカネの口から語られた話を要約すると、こんな感じになるらしい。

☆★☆★☆★

――その日。

太陽が沈んだ、静やかな夜。

一時は酷い扱いを受け、みすぼらしかった囚《とら》われの身の姫の部屋。

そこは、将軍の手配で、王族を遇するにふさわしいものとなっていた。

壁には絹《きぬ》のタペストリーが掛けられ、床には柔らかな赤絨毯《じゅうたん》が敷かれている。

そして部屋の中央には大きなベッドがあり、姫と将軍は――。

二人は、甘美な時間を過ごしていた。

これまでの、二人の恋愛の道のりは、決して容易ではなかった。

数え切れないほどの試練と苦難を乗り越え、ようやく結ばれた二人だ。

そんな二人が初めて迎えた初夜。

激しくも甘美な体験を味わった後、共に過ごすこの瞬間は、姫にとってはまるで夢のようで現実のこととは思えないほどだった。

そんな夢見心地の空間の中で、将軍の腕に優しく抱かれた姫が静かに口を開いた。

「私……貴方と一緒に寝てわかったことがあります。いや、薄々わかってはいたことなのですが、ここまでの違いがあると、事実として認識せざるを得ないというか」

将軍は柔らかな表情で姫を見つめ、その頭を優しく撫《な》でながら穏《おだ》やかに尋《たず》ねた。

「ふむ？　わかったこと？」

姫は一瞬ためらいながらも、口を開いた。

「サラマンダーは卵生で、危険地域に棲《す》んでいるため、精子を卵にかける速度は一秒以下という話ですよね？」

将軍は少し戸惑《とまど》いながらも、姫の話に深い関心を示した。

「姫……？　突然何の話なのだ？」

姫は深呼吸を一つして、コクリと頷いた。

「つまりですね、将軍もご存じの……私の元許嫁であるソウローン王子ってつまり……」

そして、姫は無情なる言葉を放ったのだ。

「サラマンダーより、ずっと早い……！　そういうことなんです！」

☆★☆★☆★

アカネからその話を聞かされた俺は、正直なところ複雑な気持ちだった。

　ちょっと、なんだかソウローンが可哀想《かわいそう》になってきたというわけだ。

「と、まあ……この話は社交界ですぐに広まって、伝説のように語り継がれていてな。ソウローン王子は名前の通り、サラマンダーより早漏ということで有名なのだ」

　そうしてアカネは何とも言えない表情で空を見上げた。

「最近は……この悲劇的にして美しい恋物語を、とある吟遊《ぎんゆう》詩人が街々を語り歩き、感動と哀《あわ》れみと共に市井の民たちの間にも広がることとなったのだ」

　悲劇的なのはわかるけど、何をどうすりゃ美しい話になるの!?

　っていうか、社交界でその話が有名ってだけで十分可哀想なのに、市井の民にまで広がるとか……生き地獄じゃねーか……っ！

　と、その時、エリスと里長が感動して涙を浮かべているのが目に入った。

「確かにとても悲しい……そして美しいお話でした」

　涙を流すエリスに、里長が続ける。

「ワシも長く生きているが、ここまで感動的で美しい悲恋の話を聞いたのは初めてなのじゃ……っ！」

　やっぱりお前らもかブルータス！

　この世界の連中の感性って、一体全体どうなってんだよ！

　その瞬間、ムッツリン……いや、ソウローンが何か言おうとする気配を感じた。

俺はどうせまた何かブルータス的なことを言い出すんだろうと、内心ゲンナリしていた。

だけど、彼の反応は予想外のものだった。

「これのどこが美しい話なんだよ……それと、この話はもうやめてくれ。俺にだって……触れてほしくない話くらい……ある……」

ブルータスじゃなかったのかよ！　ソウローン！

まあ、M○Rのキ○ヤシさん風のセリフとポーズにはツッコミを入れたくなるけどな。

ソウローンは首を左右に振りながら言葉を続ける。

「確かに、八割がたはそこの姉ちゃんの説明で間違いねーよ。山賊と一緒に衛兵のところに突き出されたのに、俺だけがお咎《とが》めなしで釈放《しゃくほう》されたのはそれが理由だ。まあ、俺じゃなきゃ打ち首だったろうがね」

「でもさ、マジでどうして山賊の用心棒なんかやってたんだ？」

「ムッツリンって名前での賞金首扱いは、悪徳商人やら領主やらの懐《ふところ》に入り込むための偽装なんだよ。あの時は山賊団の横暴が目に余っていてな、内部で連中を一網打尽《いちもうだじん》にするための証拠を掴《つか》むために動いていたんだ」

なるほど……。

どうやらソウローンは悪い奴ではないみたいだな。

「ともかく、俺はこれでお暇《いとま》させてもらうぜ。お前と俺は永遠のライバルだ、次は負けねーからな！」

握手を求めるソウローンに、俺は応じた。

「ああ。命のやり取りって話じゃないなら、リベンジマッチは受けて立つぜ」

そして俺たちはガッチリと握手を交わしたんだ。

「ところでソウローン。一応言っておいた方がいいかもしれんから伝えるが、俺たちはお前の祖国のスペルマ国に向かっているんだが……国王にも会う予定だ」

「スペルマ国……か。近々俺も王宮に帰省する予定なんだが、そういうことなら、縁《えん》があればどこかで会うこともあるかもな。まあ、政《まつりごと》には参加しないからその可能性は低いが」

そうして彼は踵を返し、後ろ手を振りながら言った。

「そういうことなら親父《おやじ》にヨロシク伝えておいてくれ！　それじゃあな親友！」

その言葉に、俺は微笑《ほほえ》みながら手を振り返した。

ライバルから、みこすり半仲間になって、永遠のライバルへと進化。

最終的には親友になってしまったが、これがものの数分の出来事だから驚きだ。

まあ、ソウローンは悪い奴じゃないから良いんだけどさ。

去っていくソウローンに手を振る俺たち。

しかし、この出会いがスペルマ国を震撼《しんかん》させる、将軍とソウローンの元カノの姫、そして俺を最初に森に置き去りにした異世界勇者たちとの激しい戦いの序曲になるとは——。

その時の俺たちは思いもしなかったのだ。

☆★☆★☆★

いよいよ目的地、スペルマ国に辿《たど》り着いた。

とはいっても、スペルマ国の首都からかなり離れた国境近くの宿場町《しゅくばまち》なんだがな。

「お腹《なか》が空《す》きましたね旦那様！」

「せっかくだから、今日は俺の作ったのじゃなくてご当地料理を食べようぜ」

「えー？　旦那様の料理の方が絶対美味《おい》しいですよ！　宿屋で調理場を借りて……みんなで手伝いますから料理しましょうよ！」

嬉《うれ》しいこと言ってくれるが、せっかくの異世界だ。

しかも、他国に来てるんだからな。

異世界独自の食事を食べたいというのも、俺の素直な気持ちだ。

「じゃあさエリス。今度クッキー作ってあげるから、それで勘弁《かんべん》してくれよ。俺はこの国の料理が食べたいんだ」

「クッキー？　やったー！　旦那様が地球の知識で作るお菓子も美味しいですから、そういうことなら外で食べましょう！」

飛び上がらんばかりにエリスは喜び、ニコニコ笑顔でそう言った。

「つっても、レモンや柚子《ゆず》の皮で風味つけたり、チョコチップ入れてるだけだけどな」

「それが美味しいんです！　私たちの食文化とは発想からして違うんです！　異次元の料理ですから！」

「で、スペルマ国の人気料理ってのは何なんだ？」

「えーっとですね……スペルマ国と言えば色々と有名ですよ！」

エリスの教えてくれた名物料理はこんな感じだ。

・フロストフィッシュの塩焼き
・雪原豚《ぶた》の燻製《くんせい》
・ホワイトベリーの冷製スープ
・雪ウサギ肉のクリーム煮
・グレイシャーミントティー
・霜降《しもふ》りレイクトラウトのマリネ
・雪の下野菜のピクルス

いや、普通にめちゃくちゃ美味《うま》そうだぞ？

少なくとも、俺の生姜《しょうが》焼きとかガーリックステーキとか、あるいはスープから作るラーメンとか。

そんな感じの、独身男性がちょっと頑張ったら作れるレベルの料理よりかは、遙《はる》かに美味そうに聞こえる。

と、まあ、そんなこんなで俺たちは宿屋で荷物を下ろした。

そうして、宿場町の中心部に向かったのだ。

街の中心には雪に覆《おお》われた大きな広場があり、その周りを古びた木造の建物が囲んでいた。

夕暮れ時ということで、各家々から暖かい灯《あか》りが漏《も》れ出し、雪に反射して柔らかな光を放っている。

そんな広場の一角では、雪の中に設けられた屋台が軒《のき》を連ねていた。

寒さに負けじと熱々の食べ物や飲み物を提供する店主たちの声が響き渡り、雪に吸い込まれていく。

ここでは雪国特有の温かいスープ、熱々の肉まん、甘い焼きリンゴなどが人気のようで、行き交《か》う人々の冷え切った体を温めている。

屋台の一つでは、香ばしい焼き魚の匂《にお》いが立ち込めていて、近くを通るだけで腹が減ってくるくらいだ。

子供たちは雪でできた小山で雪合戦を楽しんでおり、その無邪気な歓声《かんせい》に俺たちは思わず微笑んでしまった。

と、その時。

俺の脳内に神の声が鳴り響いた。


――スキル：エナジーボールが発動しました

ん？　久しぶりの老師《ラオシー》登場だが……。

エナジーボール？　エネルギーの玉？　子供たちの雪玉に反応したのか？

おーい、老師！　これは一体全体何のスキルなんだ？

尋《たず》ねても、老師からの返答はない。

……おい、老師！　聞いてるのか⁉

けれど、やはり老師からの返答はない。

おかしいな、こんなことは今までなかったのに……。

と、そこでエリスが俺に呼びかけてきた。

「旦那様！　目当ての酒場はあそこですよ！　お腹ペコペコなので早く行きましょうよー！」

うーん……。

エナジーボールって何のことなんだろう?

そんなことを思いつつも、俺はエリスに促《うなが》されるままに酒場へと入ったのだった。

☆★☆★☆★

酒場は賑《にぎ》やかだった。

木製のテーブルがたくさん並び、それぞれの席では旅人や地元の人々がずいぶん大きな声でしゃべり合っていた。

壁に掛かる古びたランタンが暖かい光を放ち、くすんだ木の床は無数の足音が鳴り響いている。

そんな喧騒《けんそう》の中、俺は懐《なつ》かしい顔と出会った。

「いよー! おっさんじゃん、久しぶり!」

丸テーブルに陣取《じんど》る俺に声をかけてきたのは、異世界に初めて来たとき一緒に転移してきた異世界勇者の一人だった。

「えーっと……お前は確か……桜塚《さくらづか》か？」

眉《まゆ》をひそめる俺に、桜塚は下品な笑みで応じてきた。

「そそ。ヤリサーの桜塚っつったら、大学では有名だぜ？　何を隠そう、桜塚の庄司《しょうじ》サマっつったら俺様のことだからよ」

「いや、別にお前が大学で有名とかどうでもいいけどな」

実際、コイツはFランク大学内で有名なレイプまがいのことをやらかすヤリサーのクズだしな。

「まあまあ、そう言うなよおっさん。俺とおっさんの仲じゃねーか？」

「妙にフレンドリーだが……お前らは俺を大森林に置き去りにしたことを忘れたのか？　こっちは死にかけたんだぞ？」

「昔のことなんて水に流そうぜ？　ほら、このとおり謝るからさ」

ヘラヘラしながら、桜塚はペコリと頭を下げる。

そして頭を上げて、俺のテーブルの面々を舐《な》めつけるように眺《なが》めてからこう言ったのだ。

「さあこれで仲直りだ。ってなわけで、おっさんの連れてるカワイ子ちゃんたち紹介してよ」

コイツ……最初からソレが目的だったのか？

素直に頭を下げたからおかしいなとは思ったんだが、マジで下半身だけで生きてるのかよコイツは。

と、俺は呆《あき》れを通り越して頭が痛くなってくる。

「悪いが、この二人は俺の嫁なんだよ」

その言葉で桜塚は、俺とエリスとアカネを何度も何度も見比べる。

「おいおい！　こんなかわいい子ちゃん二人と結婚してんのかよ？　おっさんにしてはスゲエなっ！」

「まあ、ちょっと色々あってな」

「つってもまあ、俺も性奴隷《どれい》百人くらい従えててヤリまくりだけどよー。そっかー、おっさんにもこんな可愛《かわい》い嫁がいるのかー……で、さっきから気になってたんだけど、そこのババアは？」

そこで、里長が口を開いた。

「お主まさか……婿《むこ》殿に、この老骨を紹介しろと？」

言葉を受けて、桜塚は里長を鼻で笑った。

「こんなババアいるかよ。冗談キツイぜ」

桜塚の下品な笑いに、里長のコメカミに青筋《あおすじ》が走る。

「馬鹿《ばか》にするでない！　これでもワシは現役の魔法少女プリティ☆猫耳ニャンですぞい！」

まだ現役と言い張るのか里長！

魔法少女という言葉がウケたのか、桜塚は笑っているがここについてだけは……まあわからんでもない。

「で、桜塚。お前はどうしてこの街に？」

「ああそのことな。いやさー、おっさんと別れてから、俺たちは帝都に行くことになってさー。まあ、山《やま》ちゃんは王国に居残りになったんだけどな」

そういえばこの間、吹き飛ばして、塵《ちり》となって消滅した山川《やまかわ》がそんなことを言っていたような気がするな。

確か、初等訓練で戦力的に仕上がった奴から、異世界勇者は世界各国から、帝都に送られるんだったか。

一軍と二軍と三軍に分かれてるメジャーリーグみたいな制度で、山川は三軍として大森林付近で居残り。

そして、桜塚たち三人は帝都に向かったと……そんな感じの話だった気がする。

「で、ネトリ帝国っつーの？　俺はそこに送られて訓練の日々でよー」

何だか最近そんな感じの、帝国が舞台の、寝取り将軍と寝取られ姫の話を聞いたことがあるような……ないような？

そんなことを思っていると、桜塚が得意げに続けた。

「で、なんかネトリ帝国がスペルマ国に挙兵の準備をするっつー話でよ。それで聞いてくれよ、この笑える話。ネトリ帝国の大将軍が昔、スペルマ国のソウローン王子って奴の元カノの姫を寝取ったんだけどさ……ってか、マジで笑えね？　ネトリ帝国の将軍が姫を寝取るんだぜ？

ダジャレかっつーの！　ギャハハハっ！」

腹を抱えて笑い始めた桜塚だったが、やはりソウローン関連の話だった。

ソウローンを直接知っているだけに、俺は笑うことはできなかったが……。

まあ、そんな反応になるのはわからんでもない。

「おいおい桜塚？　でも、挙兵ってのは穏やかじゃねーぞ？　それと……それがお前になんか関係あるのか？」

「おっさん、もうちょいこっちの話聞いてくれる？　それで元カノ姫の国も将軍に滅ぼされてるんだけど、今度はその元カレのスペルマ国を滅ぼす準備中って話でさー。いや、マジでウケるよな。で、その姫は今は将軍の嫁だぜ嫁！　マジでありえねー！」

しかし、人の話を聞かねー奴だな。

自分の言いたいことばっか言って、会話になってねーじゃねーか。

けれど、挙兵をするというのは本当によくないな。

でも、あくまでも準備って話だから……今すぐに危険が差し迫っているってことでもなさそうだ。

ソウローン王子も知らない仲ではない。

王様とも会う予定だから『そういう話を小耳に挟《はさ》んだ』くらいの感じで注意喚起はしておこう。

「で、だからお前は何でスペルマ国にいるんだよ？」

「あ、そうそうその話な。実はネトリ帝国の軍勢ってのは、もう近くまで来てんのよ。国境にあるスペルマ国の砦《とりで》を落としてるしな」

「なっ⁉　砦を落としただと⁉　準備中じゃなかったのか⁉」

「だから、それは国境近くの話なんだって。実際に侵略はまだ始めてねーんだから、準備中だろ？　まあ、明日から侵攻予定だけどさ。で、俺は異世界勇者ってことで、ネトリ帝国の切り込み隊の隊長やってんだよ！　ガハハハっ！」

下卑《げび》た笑い声を上げる桜塚に、俺は静かに問いかける。

「侵略だと……？　お前はスペルマ国の人たちを戦争に巻き込むことに対して、何も思わんのか？」

「思うわけねーじゃん？　百人殺せば金貨千枚もらえるらしいし、首が金に見えてくるってなもんよ。あと、俺たち切り込み隊は一番危ない任務ってことで特権もあるしな」

「特権？」

「女は早い者勝ちでレイプしていいんだってよ！　いやー、やっぱ異世界勇者は最高だわ！　力にモノ言わせて滅茶苦茶《めちゃくちゃ》できんだもんな！」

コイツ……。

やっぱりマジでカス中のカスだな。

同じ世界出身ってことで、異世界の皆さんに、こいつらに代わってゴメンナサイしたい気持ちになってくる。

「おい、桜塚？」

「ん？　何おっさん？」

「これ以上、異世界に迷惑をかけるのはやめろ。お前にも親御《おやご》さんはいるだろう？　親御さん……いや、日本という国に対してお前は恥《は》ずかしくならんのか？」

俺の言葉に、桜塚は不愉快《ふゆかい》そうな表情を見せた。

「ああん？　ネトリ帝国にいる異世界勇者は、みんなこんな感じで好きにやってるぜ？」

「それはそれで問題だが、俺は他の人じゃなくてお前の話をしているんだよ」

その言葉を受け、桜塚は耳に手を当てる。

「ハァ？　聞こえねーわ！　雑魚《ざこ》の言うことなんか聞こえませーん！」

そして侮蔑《ぶべつ》の笑みと共に言葉を続ける。

「だっておっさんってインポだろ？　この世界で重要なセックスボーナスを得ることできねーじゃん？　俺様なんて、今やSランク冒険者相当の超実力者なんだぜ？」

そう言いながら桜塚はエリスとアカネに視線を向けて、下卑た表情を浮かべた。

「まあ、でも……。まさかのおっさんの説教に、さすがの俺もトサカにきたわ。罰《ばっ》としておっさんの嫁さん二人を今夜……俺の好きにさせてもらうよ。力ずくで連れてくからな？　歯向かったおっさんが悪いんだからな？　おい、お前ら！」

桜塚が手を上げると同時に、他のテーブルから次々と男たちが立ち上がってこちらに向かってくる。

どいつもこいつも荒くれどもといった風貌《ふうぼう》。

おそらく、桜塚が隊長を務めているという切り込み隊の部下だろう。

そこで、アカネとエリスが臨戦態勢に入る。

だが、俺は手で彼女たちを制した。

「……いい加減にしとけよ桜塚」

「あ？　なんか言ったか？」

挑発的な半笑い……お前のその顔はもう見飽きた。

俺は立ち上がり、拳《こぶし》を構える。

「ああん？　やろうってのか？　いいぜ！　最初の一発殴らせてやる！　自分の力が全く通用しないのを理解して絶望しろや！」

俺はゆっくりと息を吸い込み、全身の力を集中させた。

「じゃあ、お言葉に甘えて」

拳を振りかぶるその瞬間、周囲の喧騒《けんそう》が遠のく。極限まで集中力が高まったせいだろうか？

時間の流れが、ゆっくりになったように感じられた。

筋肉が緊張し、血液が全身を駆け巡《めぐ》る感覚があった。

この一撃に全《すべ》てを賭《か》ける――そんな覚悟で俺は力を研《と》ぎ澄《す》ませていく。

そして、砲丸投げの選手のように、溜《た》めに溜めた拳が放たれる時が来た。

俺の拳の先端から発せられる衝撃波が、音速を遥かに凌駕《りようが》する速さで桜塚に迫った。そうして鼻っ柱に拳が接した瞬間――


「ぷべらっ！！！！！！！！」


桜塚の小さな叫び声。

この一撃と共に酒場の喧騒は一瞬で消え去り、周囲を静寂《せいじやく》が包んだ。

桜塚の体が、まるで紙キレか何かのように宙を舞い吹っ飛んでいく。

彼の体が酒場の壁に激突する音が、雷《かみなり》のように響き渡った。

壁はその衝撃に耐えきれず、障子《しようじ》戸を突き破ったかのように崩《くず》れ落ちた。

そして、そのまま桜塚は外へと吹き飛んでいくことになった。

広場に飛び出た桜塚の体は、重力に従って地面に叩きつけられた。

が、そこで止まることなく、雪を巻き上げながらゴロゴロと転がっていった。

──シンと静まり返る酒場内。

桜塚の部下たちは、口を開けてただただ呆然《ぼうぜん》と立ち尽くしていた。

桜塚が最終的に止まったのは、広場の反対側の、雪に覆われた小さな丘の下だった。

ザッザッザッ。

外に出て、雪を踏む音と共に、俺は桜塚へと向けて歩を進める。

「ヒ……ヒィっ！」

初めて恐怖の表情を見せ、俺を見上げる桜塚。

俺は冷ややかに彼を見下ろしながらこう言った。

「知ってるか桜塚？　お前が馬鹿にしていたソウローン王子は、お前を超えるＳＳ級の実力の持ち主だ」

そして……と、俺は言葉を続ける。

「俺はソウローン王子に勝っている」

「ま……マジかよ!?　ソウローンっつったら、剣聖として超有名な武人じゃねーか……！」

桜塚が呆然と俺を見上げる中、俺は彼に冷たい視線を送った。

「お前はもう俺の敵ですらない」

「あ……あ……そん……な……馬鹿……な……」

桜塚は言葉を失い、小さく呻《うめ》き声を漏らすのが精一杯《せいいっぱい》だった。

彼の肩が、ガックリと落ちる。

その時、エリスが心配そうな面持ちで俺のもとに近づいてきた。

「ど、どうするんですか旦那様!?　スペルマ国が大変なことになってるって話じゃないですか！」

俺は深く息を吸い込んでから、エリスに向き直った。

「ソウローンは知らない仲じゃない。一方的に友好の感情を向けられている状況だが、俺を親友だと思ってる奴を放っておくわけにもいかんだろう？」

エリスが俺の言葉に嬉しそうに頷いた。

「それでこそ、私たちの自慢の旦那様です！」

「ともかく、急いで王様にこの危機を伝えないとな」

と、そこで俺の脳内に神の声が響き渡る。


――スキル：エナジーボールが発動しました

ん？　またエナジーボールのスキルだと？

おい老師《ラオシー》！　これは一体全体何のスキルなんだ？

尋ねても、やはり老師からの返答はない。

今回は最悪の場合、一国の軍勢を相手にするような事態だ。

このスキル発動が無関係とは思えないが……。

老師が回答できないレベルの、そこまでの危機が迫っているということか？

一抹《いちまつ》の不安と共に、俺たちはスペルマ国の王宮への道のりを急いだのだった。

☆★☆★☆★

スペルマ国の首都は高い防壁に囲まれていて、壁の中の街——まあ、異世界系とかでよくあるあんな感じの街だった。

王宮は、その名の通り壮大な白亜《はくあ》の建築物だ。

雪露《せつろ》が漂う中、俺たちはその雄大な門をくぐった。

続く廊下は壁に掛けられた、歴代の王族の肖像画や戦勝を讃《たた》えるタペストリーで飾られていた。

足元の石畳《いしだたみ》からは何百年もの歴史が感じられる。

両側の大きな窓からは、王宮の庭園の一部が見え、そこには雪の中に色とりどりの花々が咲き誇っていた。

謁見室《えっけんしつ》に入ると、その広大さと豪華《ごうか》さに改めて圧倒された。

高い天井からは巨大なシャンデリアが吊《つ》り下げられ、その光が部屋全体を照らしている。

壁は金箔《きんぱく》で装飾され、中央には大きな玉座《ぎょくざ》が設置されていた。

厚い絨毯が床を覆い、足音はほとんど発生しない。

この部屋は、スペルマ国の権力と威厳《いげん》を象徴するかのようだ。

そうして、俺たちはスペルマ国王と謁見することになったのだ。

☆★☆★☆★

「と、そんな感じでスペルマ国は、ネトリ帝国から侵攻を受けているという情報があるんです」

俺は緊張しながらも、国王に情報を伝えた。

疑うような視線を向けてくるスペルマ王。

彼の表情は、この情報をどう受け止めていいのか測《はか》りかねているようだった。

「ネトリ帝国と我が国は友好条約を結んでいるのじゃ。今だって共同軍事演習の真っ最中じゃしな」

国王の声は落ち着いており、『突然来て何言ってんだコイツ？』的な感じのニュアンスを隠そうともしてない。

「……共同軍事演習？」

「南方の辺境地帯での演習でな。スペルマ国の主力の大部分が参加しておる演習じゃ」

「じゃあ、スペルマ国の防衛力は……もぬけの殻《から》状態だってことですか!?」

俺は驚きを隠せなかった。

これはまさに危機的状況としか言いようがないからだ。

が、国王は笑ってこう言った。

「じゃが心配はいらん。友好国じゃからな」

「もしも、俺の情報が本当だったらどうするんです!?」

俺の声には、ほとばしるような焦《あせ》りが込められていた。

国王は慈父《じふ》のような顔で微笑みながら、落ち着いた口調で返答した。

「心配性じゃのう？　今回の演習参加の謝礼として、ネトリ帝国は演習地で大宴会を開いてくれるほどに友好的なのじゃぞ？」

俺は信じられないと言わんばかりに反論した。

「さ、酒に釣られたってことですか⁉」

その問いに、国王は少し眉《まゆ》をひそめた。

「馬鹿にするでない。ネトリ帝国は近隣の王国を吸収して大きくなった国じゃ。我らも酒に目が眩《くら》むほど馬鹿ではないぞ」

「し、失礼しました。では、どうして参加されたのですか？　ネトリ帝国の危険性は知っていたんですよね？」

「これには深い理由があるのじゃ」

深い理由？

隣国の危険性を察知《さっち》していながら、国防の大部分をもぬけの殻にするほどの理由ってのは何なんだ？

俺は息を飲み、国王が口を開くのを待った。そして――

「宴《うたげ》に五百人の娼婦《しょうふ》を用意したと言われれば、参加せんわけにはいかんじゃろう！　血気盛んな若い兵士たちとあればなおさらのことじゃ！」

その発言に、謁見室内が静まり返った。

だ……駄目だこの国……早くなんとかしないと。

「そもそもお主らはただのアイスクリーム屋じゃろう？　お菓子屋さんがどうしてそんな情報を知っておるのじゃ？」

「ええと、実は俺は異世界勇者で……」

「むむむ？　確かにネトリ帝国は異世界勇者を軍事力として活用しておるという話はあるな」

「そうなんですよ！　その関係で知ったんですが、この情報は恐らく事実です！」

うーむ……。

と、神妙な面持ちで考え始める国王。

やがて、うんと頷き国王はこう言った。

「とはいえ、娼婦を五百人集めてくれたのじゃぞ？　どう考えてもネトリ帝国人は良い人たちじゃないかの？」

「娼婦とかの問題ですかっ！」

「まあ、それはそれとしてじゃ。異世界勇者じゃというのに、お主はアイスクリーム屋なのじゃろ？　あんまりこういうことは言いたくないのじゃが、お主は帝国には呼ばれなかった者……つまりは転移してきた地域の国に残る、居残り組……まあ、ぶっちゃけお主は三軍勇者じゃあるまいか？」

申し訳なさそうな口ぶりなので、たぶん嫌味で言ってるわけではない。

要は、『どうしてそんなこと知ってるの？』と、言いたいのだ。それを聞きたいのはよくわかる。

「ええと、俺の場合は色々あったんですが……」

そこでアカネが耳打ちをしてきた。

「チンコソードを見せてはどうでしょうか旦那様？」

「ええ？　アレを見せるのか？」

まあ、確かにチンコソードは強者の証《あかし》ということだけどさ。

しかし、あんなもんはただの伸び縮《ちぢ》みする剣だぞ？

別に、世界で一人だけしか使えないというようなもんでもないし。

なんなら、スペルマ王の場合は、息子のソウローンでも使えるわけだしな。

そんなことを考えていると、アカネが急《せ》かすように言ってきた。

「このままでは話が進みません。旦那様、早くチンコソードを見せるのですっ！」

まあ、出せって言うなら出すけどさ。

「失礼しますスペルマ王。この剣を見てください」

そうして俺は腰の短剣を引き抜き、闘気を注入する。

すると、勃起《ぼっき》するように、チンコソードが伸びたのだ。

それを見たスペルマ王は、大きく目を見開いてこう言った。

「こ……これはチンコソード！　ならば、確かにお主を認めざるを得ん！」

認めざるを得ないんかい！

しかし、半信半疑だったんだが、チンコソードってのはマジで凄いんだな。

「じゃが、いかにチンコソードの持ち主とはいえ……心配性過ぎんか？」

「備えはしておいたほうがいいと思うんです。何もなければ何もないで、実害はないんですし」

「じゃが、相手は娼婦五百人も用意してくれるような、とっても良い人たちなんじゃぞ？ 急に攻めてくるとは思えん！」

だから、娼婦から一回離れてよ王様！

と、その時、謁見室のドアが荒々しく叩かれる。

入ってきたのは、伝令の兵士だった。

「陛下《へいか》！ 火急《かきゅう》のこと故《ゆえ》、失礼つかまつる！ 首都の防壁の物見台《ものみだい》より伝令です！」

「なんぞ？ 何が起きたのじゃ？」

国王は立ち上がり、伝令に問いかける。

「ネトリ帝国の軍勢が現れました！」

ああ、やっぱりこうなっちゃうのね。

トホホ…と、ばかりに俺は深いため息をついた。

しかし、マジでまずいな。首都に帝国軍が現れただと？

この国は、もはや国家存亡の危機に直面している。

ともかく、この王様にはもう任せておけない。

俺は伝令に問いかけた。

「軍勢が現れたって話ですが、今の状況は？」

「帝都が囲まれています。その軍勢は五万を超えていて、地平線まで埋め尽くすような有様《ありさま》です！」

完全包囲されてるじゃねーか！

包囲殲滅《せんめつ》陣どころの話じゃねーぞ！

っていうか、そうなる前に普通気づくだろ!?

「物見の担当の人たちは、何をしていたんですか!?」

「ネトリ帝国の大使館から連絡がありまして、防壁防御《ぼうぎょ》担当局とネトリ帝国大使館の間で、宴会が開かれていたんです」

「全員参加のレベルじゃないと、こうはならないでしょう？」

「そうなんですよ。全員参加だったから、こうなっちゃったんですよ……！」

「どうしたら見張りの人も参加しての全員参加になるんですかっ！　そんなことありえないでしょ!?　防衛の要《かなめ》なんでしょ!?」

「娼婦を五百人呼ぶから、全員参加で宴会をしようという話になっていたらしく……」

あ、やっぱもう駄目だこの国。

と、心の底からの絶望を味わっていた時、銀髪の男が謁見の間《ま》に現れた。

「全く……ゆっくり昼寝している場合じゃねえみたいだな」

「ソウローン！」

俺は驚きと共に、両手を広げて彼を迎えた。

「おう、サトル。こんなに早く会えるとは思ってなかったぜ」

その時、国王が驚いたように尋ねてきた。

「むむ？　お主らは知り合いなのか？」

「おう親父。コイツはサトルって名前で、俺の親友だ」

その言葉に、国王は申し訳なさそうな表情を浮かべる。

「すまなかったサトル殿。息子の親友を疑ってしまったようじゃ。許してくれ」

っつても、親友ってのはソウローンが一方的に言ってるだけなんだけどな。

と、そこで親子が揃《そろ》ったこともあり、俺は前々から気になっていたことを王様に聞いてみたんだ。

「ところで、どうして陛下は息子にソウローンという名前をつけられたんですか？」

火急の状況下ではあるが、俺としてはこれだけは聞かずにいられないんだ。

なんせ、息子に早漏って名前つけてんだからな。

「それはの……ソウローンが生まれた時の話なのじゃがな……」

王様はしばし何かを考えて、まるで昔を懐かしむような穏やかな表情でこう続けた。

「早漏になるように月に願って、ソウローンと名付けたのじゃ」

お月様になんてこと願ってんだよ！

しかも、ソウローンはマジで早漏になってるし！

っていうか、何なんだよこの王様!?

娼婦に釣られて国防スカスカだし、息子にソウローンって名前つけるし……いい加減俺も腹が立ってきたぞ。一体全体——


——どうなってんだよこの国はあああああああ!!!


俺はアカネに向けて耳打ちをする。

「アカネ、この国はもう駄目だ。だって、お月様に早漏願ってんだぜ？」

「いや、旦那様。お気持ちはわかりますが、実際そうおかしなことでもないのです」

「ん？　どういうことだアカネ？」

「この国には、神話の時代より語り継がれる伝説があるのです」

どうせまた酷い伝説なんだろうなと思いつつ、俺はアカネの言葉に耳を傾ける。

で、その伝説の内容はこんな感じだった。

☆★☆★☆★

——古代スペルマ国。

神々の世界に、エロメスという若き神がいた。

彼はエロスとエロイアの息子で、その生まれながらにして持つ驚異的な身体的スピードは、他の神々さえも驚嘆《きょうたん》させるものだった。

しかし、エロメスには誰も知らない秘密があった。

それは、彼が「早漏」であるということ。

女神たちからは馬鹿にされるエロメスだったが、エロメスは幼《おさな》い頃からその早漏を速さに活かす方法の研究に余念《よねん》がなかった。

彼は自分の特質を恥じることなく受け入れ、それを自らの力として昇華《しょうか》させることに成功したのだ。

ある日、エロメスは父であるエロスから重要な使命を託《たく》される。

それは、遠く離れた地にある人間界へ、神々の意志を記した手紙を送り届けることだった。

この任務には、身体的な速さと正確さが求められた。

エロメスは、自分の早漏及び、射精の際に精子を放つ場所——つまりは百発百中の顔射が可能であるという特質を活かして、神界から人間界へと瞬《またた》く間に移動し、使命を完遂《かんすい》した。

彼の行動は、神々による間接的な介入《かいにゅう》を可能にして、人間界に多大な影響を与えたのだ。

エロメスの行いは、後に伝説として語り継がれることとなった。

人々は、エロメスが自分の特質を力に変え、神々と人間との間で重要な役割を果たしたことを讃えたのだ。

この神話は、スペルマ国において特に重要な意味を持っていた。

エロメスの伝説は、ソウローン王子が持つ「早漏」という特質が、実は国を救う力になり得ることを示していたのだ。

ソウローンの早漏が、彼が強き王子となるための試練であり、またその速さが国の危機を救う鍵《かぎ》であるということ——。

だからこそ、古代の故事に倣《なら》い、スペルマ国王は自らの息子に『早漏であれ……っ！』と、月に願ったのであった。

☆★☆★☆★

一連の物語を語り終えると同時に、アカネはコクリと頷いた。

「と、まあ、そのような伝説がこの国にはあるのです」

どんな伝説だよ！

しかも、ソウローンが実際にそんな感じで、元々スピード特化タイプの剣士で……。

そして、俺に負けたことから早漏を活かして、ガンシャソードという名の新技の開発に至《いた》ったあたりが絶妙に腹が立つ！

まあ、それはさておき。今はそんなことを言っている場合じゃないな。

なんせ、ネトリ帝国の大軍勢に、王宮はおろか首都が囲まれてしまってる状況なんだから。

「と、ともかくソウローン！　俺たちにできることがあれば協力させてくれないか？」

その言葉を聞いたソウローンは、首を左右に振った。

「サトル……これは俺の国の問題だ。お前に頼るわけにはいかない」

「どうしてなんだ？　どう考えてもケツに火がついてる状況だろうがよ！」

「俺には親友を死地に立たせることはできないんだ。むざむざ死なせるわけにはいかねーよ！」

「俺たちとお前なら、数万の軍勢にだって対処できるはずだろっ！」

実際、前回の太公望戦の時だって、ナターシャと俺たちの力があれば、軍勢というレベルの相手だって対処できてたしな。

「何を言っているんだサトル？　確かに俺たちは一騎当千《いっきとうせん》だ。千人程度であれば、それぞれが対処できるだろうが、相手は五万を超えているんだぞ？」

「……？　どういうことなんだ？　一般兵の攻撃はこっちにはダメージにならないだろうし、俺とお前のチンコソードなら数分で数百人は処理できるだろ？」

「まさかとは思うが、ステータス減衰《げんすい》を知らんのか？」

「何なんだそれは教えてくれ！」

「ステータス減衰とは……」


　ソウローンの語った内容は以下の通りだ。

①この世界の人間には、スタミナ値が設定されている
②連戦時にスタミナは減っていく
③スタミナが枯渇《こかつ》すると、体が疲れてステータスが十分の一となる
④それでも連戦を重ねると、更に十分の一といった具合に、加速度的にステータスが減衰していく
⑤例《たと》えば、俺たちが千人と戦うとなると、千人斬《ぎ》りの時点でステータスは一般人レベルとなってしまう
⑥なので、万を超える大群を一人で撃退するのは現実的ではなく、軍隊の『数』そのものに

意味がある

って、マジか⁉
俺の知っているゲームの仕様には、そんなものはなかったぞ⁉
と、その時、俺の脳内に神の声が響き渡った。

——大規模アップデート後が二日前に行われました。以降はその設定準拠になります

アップデートって、ソシャゲかよ⁉
これってソシャゲじゃなくて、大昔のパッケージ版のゲームだろ⁉

——プレイヤー：サトルが十八禁の壁を乗り越えたことからバグが発生し、世界の理《ことわり》には適《てき》宜《ぎ》修正が行われております

って、言っても酷いだろ⁉
そんなバトルシステムの根幹《こんかん》に関《かか》わる大規模修正をかけたら、ソシャゲ運営に大規模バッシングがいくぞ⁉

――それでは十八禁の壁を乗り越えた時点の設定に合わせ、ロールバックを行いますか？

なお、その場合は、以降……性行為禁止となりますが

そういうことなら仕方ない。

ロールバックはなしの方向で。

けどさ老師《ラオシー》よ？　スキル：エナジーボールってのは一体何なんだ？

――その質問には回答できません

くっそ……！

今まで老師は味方だと思っていた。

が、いきなりのアップデートといい、どうもそういうわけではないようだ。

と、そこでソウローンの言葉が沈黙を破る。

「逃げろサトル。お前たちなら大群の一角に突撃し、一点突破すれば包囲を抜けられるはずだ」

「ソウローン……この状況でどうしてお前はこの国に残るんだ？　逃げることができるのはお前も同じだろうに？」

「俺は国に恩があるんだよ」

彼の声には、確固たる意志が込められていた。

「恩？」

ソウローンは静かに語り始めた。

「俺は一人で生きているわけじゃないし、一人で育ったわけでもない。先祖代々という縦軸《たて》、そして今現在、この国を作り上げている全国民という横軸。その交差の中で俺という存在が生まれて育ったんだよ。言い換えれば、俺は先祖代々の文化の中で……今現在ある故郷に生かされている。そしてまた……俺自身も故郷の一部でもあるんだよ。だから、俺は俺という存在を守るために故郷を守護する義務がある。それは、王族だからという理由じゃなくな」

「ソウローン……っ！」

彼の瞳には、この国とその人々への深い愛情と感謝で溢れていた。

「だが、お前は違うだろサトル？　お前にそこまでしてもらう義理はないんだ」

一方的に親友と言われて、若干《じやつかん》引いていたところはある。

でも、今確信した。

こいつ……俺自身が素直に友達になりたいと思うくらいに良い奴だ。

エリスとアカネも、ソウローンの言葉に心を動かされたようだった。

彼女たちの表情にも、決意が浮かんでいる。

俺は決心を固め、ソウローンに言った。

「水臭いぜソウローン！　俺が親友を見捨てるような男に見えたか？」

その瞬間、ソウローンの顔に驚きの表情が浮かんだ。

「わかった……どうやら本当にお前は大したタマみたいだな」

「ここで引いたら男が廃《すた》るぜ！」

「なら……サトル。俺も痩《や》せ我慢《がまん》をやめて本音を言おう。今、俺は困っていてな…………助けてくれるか、親友？」

「もちろんだ！」

俺たちは握手を交わした。

それは、確かに俺たちの友情が確固たるものとなった瞬間だった。

と、その時、俺の頭の中に神の声が鳴り響いた。


――スキル：エナジーボールが発動しました

どうせ答えてくれないんだよな老師？

問いかけるも、やはり回答はない。

これまでは危なくなったら、老師が助け船を出してくれた。

けれど、どうにも今回ばかりはそういうわけにはいかないらしい。

どうやら、今回は本当の本当に……シリアスな展開になりそうだぜ。

予感するのは、これまでで最大の危機。

これから俺たちが向かう目的地は、首都の安全を守る最後の砦、巨大門だ。

この門が破られれば、首都はあっという間に敵の手に落ちてしまう。

そうして、俺たちは巨大門へと向かったのだった。

☆★☆★☆★

スペルマ国の首都を守る巨大門は、その名の通りまさに壮大な構造物だった。

重厚な鉄と石で構築されたこの門は、幾多《いくた》の戦いを経てもなおこの国を守り続けているという実績も頷ける堅牢《けんろう》さを誇っていた。

「こちらの兵は守兵二千しかいない。まともにやってもどうにもならんだろう」

と、ソウローンが言い、続けて彼は戦略を説明した。

「門を開いて打って出る。狙《ねら》うは敵将ただ一人だ。指揮官を倒して混乱を誘い、相手方の撤退を狙うんだ。ただし、敵将に辿り着くまでにステータス減衰が起きればそれでジ・エンド。危ない橋だがやってくれるか？」

「辿り着けるかどうかも危ない橋だし、敵将を倒したからといって撤退してくれるかどうかもイチかバチか……そういうことで良いんだな？」

俺の問いかけに、ソウローンは深刻な顔で頷いた。

「すまないな、サトル……無茶をさせてしまう」

「それは言わない約束だぜ」

俺は軽く笑って、ソウローンの肩を叩いた。

この状況下で俺たちができるのは互いを信じ、前に進むことだけだ。

俺とソウローンの手には、鞭《むち》タイプのチンコソードが握られている。

この武器ならば、数百人の敵を一気に薙《な》ぎ払い敵陣の奥深くへと一点突破することが可能だ。

と、そこで覚悟を決めた表情のエリスが口を開いた。

「私だって、一般兵に比べれば圧倒的な力を持っています！　連戦がまずいってことなので、まずは一番弱い私が出ようと思うんです！」

それに続いて、アカネが刀を油紙で拭《ぬぐ》いながら言葉を継いだ。

「エリスのステータス減衰が起きたのを見計らって、次は私が先鋒《せんぽう》に立ちましょう」

彼女たちには、冷静な決断力があった。

この辺《あた》り、さすがにこいつらは戦闘に慣れているな。

場慣れしているという事実が、今は本当にありがたい。

「となると、その次は俺だな。この場で最強であるサトルを温存して、敵将のところまで届かせる」

ソウローンが言い、俺たちは出陣前の最後の儀式として円陣を組んだ。

その瞬間、里長が意気込んで語りかけてきたのだ。

「この一戦……現役の魔法少女プリティ☆猫耳ニャンであるワシも参戦しようと思いますぞい！」

その言葉には熱意は感じられるが、やはり現実的な問題が付きまとう。

「いや、里長はちょっと……やっぱり年齢的に……。そりゃあ、そこまで言うくらいなんだから、昔は強かったのかもしれないけどさ」

だが、そこでエリスが胸を張って反論してきた。

「おばあちゃんは本当に強いんです！　だって、本当に魔法少女ですから！」

だから、少女は無理があるって！

しかし、エリスは俺の疑問をパシっと払いのけてきたのだ。

「確かに今のままだとただのババアですが、おばあちゃんは魔法少女に変身できますから！　変身すればバリバリの現役です！」

本当に現役だったの!?

だが、この見た目と九十を超えようかという年齢で、魔法少女の衣装は無理があるんじゃ……？

それこそ、魔法少女じゃなくて、魔女とかならヴィジュアル的には納得できるが。

けれど、既に強者となっているエリスが言うんだから、ひょっとすると……魔法少女という単語さえ置いとけば、戦力として使えるのかもしれない。

だが、そんな俺の期待は一瞬で打ち砕《くだ》かれたのだ。

「ただし、変身に一時間かかりますじゃ！」

長《なげ》えよ！

連れていけねえじゃねえか！

この状況で一時間も待つことなどできるわけがない。

まあ、そもそも戦力として数えてないからいいんだけどさ。

と、まあそんなわけで俺たちは変身の儀式に入った里長を置いて、門を開いて打って出たのだった。

☆★☆★☆★

門を出ると、戦場は混沌《こんとん》とした様相を呈《てい》していた。

敵の大軍が首都を取り囲んでいた。

一瞬、その光景に圧倒されそうになったが、圧倒的なのはこちらも同じこと。

そちらが数で勝負するなら、俺たちは質で戦う！

エリスが先陣を切った。

彼女は短剣を振り回し、敵兵を次々と薙ぎ払っていく。

戦場を駆けまわる疾風《しっぷう》、そんな形容がふさわしいだろう。

「な、なんだこいつらは！」

「つ……強い！」

「ぷべらっ！」

斬《き》り伏せ、あるいは蹴《け》り飛ばして。

百人ほど斬り進んだところで、敵陣に切り込んだ俺たちは敵に完全包囲されてしまう。

「ウィンドストリーム！」

エリスが魔法名を叫ぶと、強力な風が周囲に吹き荒れた。

「うぎゃあああああ！！！！！」

その一撃で数十人の敵が宙に舞い上がり、そして地面に叩きつけられた。

「いかん！　エリスのステータス減衰が始まった！」

言葉と同時に先鋒をアカネと交代。

確かに動きに精彩《せいさい》を欠いてきたし、これがステータス減衰ってことなんだろう。

そして、エリスは戦場を駆ける俺たちの後方に回る。

まだまだ一般兵なら対処できる余力は残した上での交代だし、戦闘回数がぐっと少なくなる後詰《ごづ》めなら任せられる。

「ぎゃあああ！」

「ぶぺらっ！」

「ぎっ！」

「ああああああああ！」

敵の叫び声が荒野に響き渡る中――。

今度はアカネが刀を振るいながら戦場を駆け抜けていく。

その刀捌《さば》きは見事の一言。

一振りごとに、敵兵たちが吹き飛ばされる様《さま》はまるで刀の舞踏《ぶとう》のようだった。

彼女は巧《たく》みな剣技を駆使し、敵の隙《すき》を突いては斬りつける。

縦横無尽《じゅうおうむじん》に刀を振り回し、敵の陣形を崩壊《ほうかい》させて、更に深く深く切り込んでいく。

「な、なんてスピードだ！」

「力も半端じゃねえ！　一振りで五人まとめて吹っ飛んだぞ!?」

敵兵たちはアカネの剣技に圧倒され、その凄《すさ》まじい戦闘力に恐れをなしていた。

「おい……あいつもしかして……逆刃《さかば》じゃねーか!?」

「手加減まで施《ほどこ》しているだと!?」

「なんて奴なんだ!!!　とんでもねえどころの騒ぎじゃねーぞ！」

しかし、無双《むそう》状態もつかの間、数百人を斬り進んだところで、やはりステータス減衰が起きた。

悪鬼羅刹《あきらせつ》のごとき刀の乱舞に、明白な陰《かげ》りが見えてきたからだ。

「お嬢ちゃんたち、ありがとう！　後は俺に任せろ！」

ソウローンが声を上げると、彼は鞭タイプのチンコソードを手に取った。

ソウローンは鞭を手に、まるでそこが無人の野であるかのように戦場を駆け抜ける。

鞭の一撃ごとに、敵兵たちはまとめて数十人が吹き飛ばされていく。

鞭が空を裂き、敵の体を襲《おそ》う。

その一撃一撃はまるで雷鳴《らいめい》が轟《とどろ》くかのように戦場に響いた。

敵兵たちはまるで人形のように空中へと舞い上がり、地面に叩きつけられたのだ。

おいおい……！

たった一振りでエリスの範囲魔法と同レベルかよ！

さすがは剣聖と呼ばれるSSランク級の力を持つ男だ。

「す……すごい！」

敵兵たちが悲鳴にも似た感嘆《かんたん》の声を上げる。

「誰があんな奴ら止められるんだ!!!」

「ええい！　囲め囲め！　ステータス減衰さえ起きればこっちのもんだ！」

敵の小部隊長が叫んで、兵士たちに命令を送る。

「敵、止まりません！　いや……止められません！」

ソウローンはまるで戦場の支配者であり、敵兵たちは彼の圧倒的な力に恐怖を滲《にじ》ませていた。

そんな中、俺たちの眼前に敵将本陣が見えた。

その本陣は厳重な柵《さく》に囲まれ、高い幕がその内側を覆い隠していた。

ところどころ柵の上に設置されている台には、弓で武装した兵士たちが立っている。

敵将本陣はまさに要塞《ようさい》のような雰囲気《ふんいき》を漂わせており、攻撃を防ぐために万全の準備が整えられていることが窺《うかが》えた。

だが、目的地が見えたんだ！

俺たちは破竹《はちく》の快進撃を確信し、更なる前進を続ける。

しかし、その期待を打ち砕くように、俺たちの前に一人の男が立ちはだかった。

「破《は》っ！」

ソウローンの気合いの一閃《いっせん》。

ブオンと唸《うな》りを上げる鞭の振り下ろし。

だが、これまで一撃で数十人を吹き飛ばし続けてきた、その鞭が止まった。

否《いな》、男に片手で受け止められたのだ。

男は重厚な甲冑《かっちゅう》に身を包んでいた。

鎧《よろい》にはいくつもの戦いの跡が刻《きざ》まれており、歴戦の戦士であることを窺わせる。

と、そこでソウローンは声を上げた。

「お……お前は……イイナズケ＝ネトリ＝リンシツノチンコデカイワカモノ将軍!?」

どんな名前なんだよ!?

許嫁《いいなずけ》＝寝取り＝隣室のチンコでかい若者って……ここはFAN○A同人じゃねーんだぞ!?

しかし、このネーミングということはまさか……と、俺は否応《いやおう》なく『とある予感』を覚えた。

と、そこでアカネが口を開いた。

「お気づきなられたか、旦那様。ご察しの通りアレが……」

アカネはしばし押し黙る。

そして大きく息を吸い込み、ちょっと溜めてからこう言ったのだ。

「サラマンダー事件の犯人なのです」

だろうな！

それ以外ねーもんな！

そんなことを思っている俺を無視して、ソウローンとネトリ将軍は睨《にら》み合う。

「皇族の大将軍が自ら前線に立つなんざ、よほどの自信だな？　イイナズ将軍」

「ネトリの名を冠《かん》する者はすべからく強者でなくてはならぬ。貴様の鞭を受け止めたのは今しがた見ただろう？　ソウローン王子よ」

とりあえず、ファーストネームは何故か『イイナズ』と省略されるみたいだが、それはさておき。

二人の因縁《いんねん》の出会いを、俺は固唾《かたず》を呑《の》んで見守った。

「ソウローン王子よ。まさか貴様……俺に勝てるとでも思っているのか？」

「俺じゃあ、お前さんには勝てないだろうな。力の差は歴然だ」

表情からして、ソウローンは嘘《うそ》はついていない。

となると……。

おいおい、ソウローンは元々勝てない相手に一人で立ち向かう気だったのか？

己《おのれ》の命を捨てて、国民のために？

くっそ、コイツマジで熱い奴じゃねえかよ！

だが、大丈夫だソウローン！　お前は今、一人じゃないからな！

そんな俺の気持ちを察したのか、ソウローンは自信に満ちた顔で頷いたのだ。

「だが、俺の親友のサトルなら、お前に勝てる」

「ほう……？　剣聖とも呼ばれるソウローン王子をして、そこまで言わせる達人か」

と、その時――。

本陣から一人の女が現れたのだ。

それを見た瞬間に、ソウローンは声を上げる。

「お前は……お前は……っ！　ネトラ姫！」

聞かなくても、もうわかる。

ソウローンの元カノまで登場してんじゃねーか！

どう考えても本名はネトラレで、略してネトラで間違いない。

まさかの元カレ・元カノ・そして現在の寝取り旦那の揃い踏みだ。

これまでの戦場も修羅場《しゅらば》だったといえるだろうが、今まさに……ここには本物の修羅場が出現した。

俺だけでなく、エリスとアカネも、彼らの一挙一動《いっきょいちどう》に刮目《かつもく》せざるを得ない。

しばし、三者の間に沈黙が流れ、口火を切ったのはソウローンだった。

「おい……イイナズ将軍」

「ん？　何だ？」

「前々から気になってたんだが、俺がネトラ姫に早漏だって馬鹿にされたって話は、どっちが社交界に流した噂《うわさ》なんだ？」

　ソウローン……！

　自らの傷を抉《えぐ》りにいくのはやめるんだ……！

　それって元カノの姫と将軍との初夜の話なんだろ？

　となると、犯人は二人の内のどちらかって話になるじゃねーか？

　お前から姫を寝取った将軍が言いふらしたなら、大ダメージは必至《ひっし》だし、ましてや……。

　姫が言いふらしてたとなると、お前は二度と立ち直ることができない、そんなダメージを受けてしまうじゃねーか!!!

　やめるんだソウローン！

　過去のことはもういいじゃねーか！　傷口に塩を塗るのはやめるんだ！

　しかし、そんな俺の思いはソウローンには届かない。彼は今度はネトラ姫に問いかけた。

「ネトラ姫……」

　彼の声は少し震えていた。

「お前じゃないよな？　俺が早漏って噂を流したのはお前じゃないよな？　そこの将軍だよ

な？」

懇願《こんがん》するように聞くソウローンに、小さく頷いてネトラ姫は答えた。

「社交界にその話を流したのは将軍で間違いありません、ただし――」

彼女はしばらく押し黙り、言葉を溜めてから、次の一言を放ったのだ。


「私も一緒に、その噂を流しておりました」


まさかのダブルかよ！　これはキツい！

アカネとエリスも同じことを思ったようで、彼女たちは額《ひたい》に手をやって天を見上げている。

ソウローンの表情は険しくなり、怒りに満ちた視線をイイナズ将軍に向けた。

「イイナズ将軍……」

ソウローンの声は厳しいものだった。

イイナズ将軍はソウローンの視線に応《こた》えるように、静かな口調で言った。

「そうだ。俺たちは二人で共謀《きょうぼう》してその情報を拡散させたのだ」

こ……これは。

ソウローンはもう二度と立ち直ることができないんじゃねーか？

と、そこで敵本陣から一人の男が出てきた。

それは俺にも見覚えのある顔で、先日殴り飛ばした異世界勇者……つまりは桜塚だった。

「あ？　おっさんじゃん？」

「お前……まだいたのか桜塚？」

まあ、確かにコイツはネトリ帝国軍に従軍してるって話だったか。

「いやさ、ソウローンが攻めてきたって話が陣内で聞こえてきてよ。聞けば将軍様が本陣の外に出てったって話じゃんか？　で、これは手柄《てがら》を立てるチャンスだと思ってさ」

そして、桜塚はニヤリと笑って挑戦的な笑みを浮かべた。

「おいおっさん……この前はよくもやってくれたな？　だが、俺たちの将軍様は半端じゃなく強いぜ？　将軍様にやられた後は、おっさんは四肢《しし》切断して、俺様直々《じきじき》に発情オークの群れの中に放り込んでやるからな！　奴らは女でも男でも食っちまうからな！　二つの意味で！」

と、桜塚がヒートアップしたその時、彼は思い直したかのようにソウローンに目を向けた。

「でさ、それはそれとして、おっさん聞いてくれる？　俺って実は地獄耳ってスキルがあるから、ここに来るまでおっさんたちの会話を聞いてたんだけどさ……」

と言いながら、桜塚は笑い始める。

「フハっ!?　フハハハハっ！　マジかよ!?　ソウローンってば、寝取られた挙句《あげく》、新カップルの両方に早漏を馬鹿にされてんのかよ!?」

と、桜塚は爆笑する。

そして、そんな桜塚を見て、イイナズ将軍も「クックック……」と、そしてネトラ姫も「クスクス」と笑い始めた。

いやいや、マジでコレはキツい。

チンピラに馬鹿にされるにとどまらず、新カップルの両方ともが明確にソウローンを笑いものにしてんだから！

お前らには、容赦《ようしゃ》ってものがねーのかよ！

その証拠にソウローンは固まってしまい、まつ毛を伏せて微動だに動かない。

「いやー、マジでヤベエ！　こんな情けない奴がこの世に存在していいのかよ！　何が剣聖王子だよ！　今すぐ早漏王子に改名しろって！　ギャハハハっ！」

将軍と姫も桜塚に賛同するように、満足げに何度も頷く。

ってか、この新カップル……マジで性格悪いな。こいつらには人間としての感情ってもんがねーのかよ！

と、そこでソウローンは、俯《うつむ》いたまま言葉を発した。

「…………ったくよ。小鳥どもがピーチクパーチク……やかましくさえずりやがる！」

静かな闘気を発するソウローンに、アカネは驚きのあまり大口を開いた。

「こ……この悲しみに満ちた力強い闘気は……まさか……っ！」

アカネの言葉の続きを待たずに、ソウローンから馬鹿げた規模の闘気が渦《うず》を巻いて発生した。

「男にはな、決して触れられたくない心の傷ってもんがあるんだ……そこに土足で踏み込んできたら後はもう、命のやり取りしか残ってねえんだよ!!!」

怒りの境地に達したソウローンは、あらん限りの力を込めて叫んだのだ。


「冗談じゃすまねえぞ！　コノヤロオオオオオオ！」


その瞬間、ソウローンの身に纏《まと》っていた服を、闘気が吹き飛ばした。

まるで紙切れのように服の破片が空中に舞い上がり、周囲に散らばっていく。

その光景は、まるで古《いにしえ》の戦士が戦いの前に鎧を脱ぎ捨てるかのような荘厳《そうごん》ささえ感じさせた。

つまり、ソウローンはパンツ一丁となったのだ。

と、その時、エリスが声を上げげた。

「ソウローン王子の闘気が上昇している!?」

そして彼女はさらに付け加える。

「それに……瞼《まぶた》を閉じているですって？　なんという……穏やかにして力強い闘気……っ！」

そこでアカネが重い口を開いた。

「あれはまさか……」

「知っているんですかアカネさん？」

「ああ、間違いないと思う。あれは深き哀《かな》しみを持つ漢《おとこ》のみが体得できるという……スペルマ国に伝わる究極奥義《おうぎ》だ」

エリスが驚愕して、アカネに尋ねた。

「究極奥義？」

「ああ。あれは歴史上誰も体得したことがないという技でな。強敵《とも》との戦いを乗り越え、そして深い哀しみを経験した漢のみが体得できるという奥義なのだ」

そして、彼女は更に言葉を続けた。

「強敵《とも》との戦いは旦那様との戦いで……そして深い哀しみは、先ほどのネトラ姫の話と、桜塚の罵倒《ばとう》で条件が達成されたのだろう。そう、あの奥義の名は——」

全員がアカネの言葉に釘付《くぎづ》けになっている中、彼女は遂《つい》にその奥義の名を明かしたのだ。

「——夢精《むせい》転生！」

大丈夫なのかその技名っ!!?

そこで俺は違和感に気づいた。

ソウローンは瞼を閉じたまま、まるで風景の一部と化したように動かないのだ。

「しかし、アカネ。ソウローンは瞼を閉じたまま動かないが、どういうことなんだ？」

俺の問いかけにアカネが答えた。

「そう、夢精転生とはそういう技なのだ」

「うん？　つまりどういうこと？」

「だから、夢精転生とは――」

しばしアカネは押し黙り、大きく息を吸い込んでこう言った。

「好きな女とＨしている夢を見ることができる技なのだ！」


アカネはさらに説明を続ける。

「好きな女とＨしたいと思えば、夢の中で経験できるのだぞ？　これほどに便利な技はそうはあるまい！　まさに究極と言ってもいい奥義だろう！」

男子高校生とかなら、物凄《ものすご》く欲しいスキルだろうけども！

と、その時、ソウローンがビクンと体を震わせた。

「うっ……！」

そうしてソウローンは周囲を見渡し、こう言った。

「サトル……この状況はどういうことだ？」

そんなソウローンを見て、エリスがハイテンションで口を開いた。

「ソウローンさんが夢精して起きましたよ！　イったんです！　ソウローンさんはやっぱりみこすり半でイったんです！」

嬉しそうにそう言うエリスに、ソウローンは「痛いところを突かれた！」というような表情で応じる。

「い、い、い、イってないわ！」

「でも今、確かにビクってしたんです！　ビクってしてからすぐに起きたんです！　やっぱりソウローンさんは夢でも早いんですよ！」

「だ、だ、だからイってないわ！」

「じゃあ、そのパンツのシミは何なんですか！　やっぱりソウローンさんは早いんですよ！　夢でも現実でも早いんですよ！」

頼むから、もうやめてやれエリス……っ！

悪気はなさそうに見えるが、これはワザとやってるのか天然でやっているのか微妙なラインだ。

そこで、ソウローンが深刻な面持ちで言った。

「ともかく、どうやら俺は究極奥義を修得してしまったようだ。哀しみの闘気を修得した今の俺なら、イイナズ将軍とも対抗できる」

闘気を全力放出するソウローン。

な、なんて馬鹿げたデカさの闘気なんだ。

確かにコレならイケるかもしれない。

俺がそう思った時、ソウローンはイイナズ将軍に問いかけた。

「最後に聞いておく。イイナズ将軍、スペルマ国を襲った理由は何だ？」

「我が叔父《おじ》上である——皇帝陛下の領土拡大の意向に従ったというだけだ。属国経済圏の確立、そして鉱山資源の奪取。あるいはスペルマ国との宗教的な対立……と、そういったところか。

まあ、このように、表向きの理由は皇帝陛下の意向に従っているものとなる」

「表向きの理由ですら酷いもんだな。で、だったら真の理由はなんなんだ？」

「俺が派兵《はへい》を決めた一番の理由は……俺の彼女である……ネトラ姫の昔の男であるお前が許せんのだよ！　ソウローン！！！！」

結局、痴情《ちじょう》のもつれかよ！

スペルマ国王といい、ネトリ帝国といい、この世界の王族や皇族はどうなってんだ！！！？

しかし、ソウローンとイイナズ将軍の表情は真剣そのものだ。

二人の間に、言葉では言い表せないほどの緊張が走っていた。

両者はそれぞれ闘気を放出し、周囲の空気を震撼させている。

ソウローンの放つ闘気は、夢精転生によるものだ。

哀しみを糧《かて》にした強大な力を秘めている。

一方の将軍も、ネトリ帝国の精鋭中の精鋭ということなのだろう。

彼の闘気もまた、圧倒的な存在感を放っていた。

そして、先に突撃を仕掛けたのはソウローンだ。

彼の持つ剣は鞭タイプから大剣へと変えられており、その攻撃にイイナズ将軍は巧みな剣技で応じる。

目にも留まらぬ剣捌きでの応酬《おうしゅう》が続く。

しかし、当初は良い勝負だったが、戦いが続くにつれ、ソウローンの動きにわずかながら疲れが見え始めた。


――ステータス減衰。


この戦いの前に行われた、兵士たちとの連戦の影響が現れ始めている。

徐々に劣勢になり始めたソウローン。

彼の攻撃は依然《いぜん》として華麗で力強いものの、イイナズ将軍の反撃が次第《しだい》に鋭くなりソウローンを圧倒し始めていた。

「どうしたどうした、ソウローン！　速さだけが売りのお前が……徐々に遅くなっているぞ！」

剣を振るうイイナズ将軍の攻撃に押され、ソウローンの足元が崩れそうになる。

「くっ……調子に乗りやがって！」

息を切らせながらも、ソウローンはイイナズ将軍に向けて攻撃を仕掛ける。

しかしその剣の軌道《きどう》は少し不安定で、明らかに疲労の影響を受けている様子だった。

そうして限界を迎えた彼は、決定的な隙を作ってしまった。

その隙を突かれ、イイナズ将軍の鋭い剣が彼の身体を貫く。

ソウローンの身体が震え、血が噴《ふ》き出した。

ドサリ。

倒れたソウローンを、見下ろすイイナズ将軍。

笑みを浮かべながら、イイナズ将軍はソウローンの頭を踏みつけた。

ソウローンの表情からは苦痛と屈辱《くつじょく》が入り交じったような、無念の想いが滲み出る。

「で、次は貴様か？」

問いかけられた俺は即答ができずにいた。

ソウローンとは違い、俺は無傷でこの場にいる。

先ほどの戦いを見るに、イイナズを倒すこともできるだろう。

が、奴の後ろには、無数の帝国兵が控《ひか》えているのだ。

イイナズを倒したとしても、疲労の中で討《う》ち死には避けられないだろう。

ここはやはり、当初の予定通り、イイナズを倒し、それで大軍が退《ひ》くことにイチかバチか賭けるしかない……か。

しかし、イイナズ将軍の次なる言葉は、俺を絶望の淵《ふち》に追い込むものだったのだ。

「生憎《あいにく》だが、俺が死んでも軍は退かんぞ？」

「なっ——っ!?」

イイナズは勝ち誇ったような笑みを浮かべ、俺たちの考えなど完全に見透かしていると言わんばかりだ。

「勝敗は決した。避けられん死であれば賢《かしこ》く生きるが良い。俺も、この場で降伏《こうふく》すれば、命までは取らんと約束しよう。お前は異世界勇者だろう？　有効な使い道はいくらでもある」

「この場で降伏したとして、後で俺が裏切るとは考えないのか？」

「絶対服従の魔法紋《もん》で契約を行う。それ以降、お前は俺たちの操《あやつ》り人形だ。裏切る余地はない」

絶対服従の魔法紋？

そんなものは聞いたことがないが、ネトリ帝国は異世界勇者を多数囲っているという。

恐らく、この言葉はハッタリではない。

と、そこで桜塚がイイナズ将軍に声をかける。

「契約の後は、こいつは俺の部下ってことにしてもらっても……良いですかね将軍様？」

「ああ。サクラヅカ。お前の残虐性《ざんぎやく》を俺は高く評価しているからな」

「ありがとうございます！　やっぱ占領した地域は、まずはレイプから始まって、大虐殺《ぎやくさつ》で上下関係をわからせる必要がありますもんね！」

「その通りだ。最初に恐怖を植え付ければ、住民は言うことを聞きやすくなるからな」

「へっへっへ、おい！　おっさん！　テメエを部下にして操り人形にした後は、目の前でお前の嫁を散々《さんざっ》ぱら弄《もてあそ》んでやるからな！」

その時、今まで黙っていたネトラ姫が、イイナズ将軍に向けて歩を進める。

いや、正確に言えば彼が踏みつけているソウローンのところ……か。

そうして、彼女はソウローンの頭を蹴とばすと同時に、無慈悲《むじひ》な言葉を投げかけ始めた。

「この早漏！　よくも私の初めての経験を……早漏の瞬殺で終わらせたわね！　イイナズ将軍と貴方は何もかも違うのよ！　この……短小野郎！」

なんてことだ……！

ソウローンは早漏なだけじゃなくて、短小でもあったのか！

「早漏！　短小！　早漏！　早漏！　この……早漏短小野郎っ！！！！」

やめてやれ……！

もう、やめてやるんだネトラ姫っ！

しかし、現状、俺には打つ手はない。

どうすりゃ……、こんなのどうすりゃいいんだよ！

途方に暮れたその時、頭の中に神の声が響き渡った。

——スキル：エナジーボールが発動しました

だから、エナジーボールって何なんだよ！　どうせ答えてくれないんだろ！

——スキル：エナジーボールの充塡《じゅうてん》が完了しました。これより援軍が到着します

え、援軍？

どういうことだ？

——ステータス減衰効果に対抗するためにエナジーボールを授けたのです。まあ、大船に乗ったつもりで見ていてください

一体全体、どういうことなんだ？

そう思った瞬間——南の空にドラゴンの群れが見えた。

「……え？　あれって、シルヴィア？」

群れの先頭を飛んでいるシルヴィアを確認すると同時に、蹂躙《じゅうりん》劇が始まったのだった。

幕間　～覇王伝：イイジマサトル　第四章　スペルマ国攻防戦より抜粋～

その日――。

スペルマ国の空に、古代龍王種《エンシエント・キングドラゴン》が舞うことになった。

「待たせたのう、ご主人様！　人間ごときちょちょいのちょいじゃ！」

後の龍王であるシルヴィアの号令。

大小様々なドラゴンたちが大空を覆《おお》い尽くし、その口から放たれる炎はまるで猛烈な砲撃のようだった。

ドラゴンの群れは、巨大な翼を広げ、空中から急降下し、恐るべき爪《つめ》と牙《きば》で帝国兵を襲撃《しゅうげき》した。

炎。

牙。

爪。

天変地異か、はたまた神の御業《みわざ》か？

その破壊力は人智を遙《はる》かに凌駕《りょうが》し、敵陣営の防衛線は一瞬で崩壊《ほうかい》してしまった。

「さあ、行くよ巨人の里のみんな！　アタイたちの恩人のサトル君を助けるんだ！　格安報酬《ほうしゅう》での傭兵《ようへい》業とはいえ、一切手を抜くんじゃないよ！」

「わかってるってマチルダ！　オラたちは恩を返さなくちゃなんねえ！」

巨人族はその巨体を生かし、帝国兵を踏みつけながら前進した。

彼らの棍棒《こんぼう》が周囲の敵を薙《な》ぎ払っていく。

一振りでダース単位の人間が飛んでいくのだから、帝国兵たちはたまらない。

他にも巨人たちは岩や木を投げつけ、逃げ惑《まど》う帝国兵を踏みつぶしていった。

「待たせたね！　サトル君！」

「仙界《せんかい》の業務で忙しくて、遅れちゃったわ！」

森の大連合の盟主であるナターシャ。

そして、単独で圧倒的な力を持つ仙人《せんにん》。

二人に従えられた陣容は、エルフ、鬼人《きじん》族、そして猫耳族だった。

つまりは、大森林連合なのだが、それらの戦力は概《おおむ》ね二万。

森の全《すべ》ての戦力を結集させたと言っても良い。

エルフたちは遠距離攻撃を受け持ち、魔法と精密射撃で部隊長を次々と討《う》ち取っていく。

猫耳族はその運動能力を生かし、敏捷《びんしょう》な攻撃を繰り出した。

彼らの身のこなしは文字通り猫のように素早い。

敵の後方から奇襲《きしゅう》をかけ、瞬時に敵の首をかき切ったり、背中を襲撃したり。

鬼人族はその怪力を武器に、巨大な斬馬刀《ざんばとう》や槍《やり》を振り回して敵を薙ぎ払った。

彼らの一撃は、敵の鎧《よろい》を粉砕《ふんさい》するほどの威力《いりょく》を持っていた。

まさに、彼らは戦場の鬼と化し、敵陣営に恐怖を与えた。

戦線は、すぐさま大混乱の渦《うず》に巻き込まれる。

切り込み隊長を務め、先陣を切るナターシャと太公望《たいこうぼう》。

続くドラゴンと巨人族といった強種族が、敵陣形を完全崩壊させていく。

そして、大森林連合の混合兵団が、組織的抵抗が不可能になった帝国兵たちにトドメを刺していく。

瞬《またた》く間に帝国兵たちは戦意を喪失《そうしつ》し、恐怖が次々と伝染していった。

結果として――。

帝国兵は一割の兵力を失ったところで、恐慌《きょうこう》に駆られた彼らは我先《われさき》にと逃げ出し始めたのだった。

サイド：サトル

えーっと……老師《ラオシー》？

これってどういうこと？　エナジーボールって一体何？

――エナジーボールとは、つまりみんなの力を合わせるということです
エナジーボール……元気の玉……元気玉かっ！

さあ、みんな！　オラに力を分けてくれ――っ！

て、言うとる場合か！

でも、おかげで助かったぜ老師！　確かにみんなの力を合わせるって意味では、これほど納得感のあるスキル名はない。

けどさ、援軍要請《ようせい》をかけてたってことだろ？　だったら、これまでどうして黙ってたんだよ？

問いかけても全然答えてくれないし、こっちはめっちゃ不安だったんだぜ？

――カッコイイタイミングというものがあるのです！

お前も言うとる場合か！

でも、でかしたぞ！　そこについては褒《ほ》めてやる！

――お褒めの言葉ありがとうございます

既《すで》に帝国兵は大混乱となっている。

茫然《ぼうぜん》と戦況を眺《なが》めていた俺たちだが、ものの十分で大勢《たいせい》は決したようだ。

陣形が完全崩壊し、ネズミ算式に敗走する兵士たちが増えていく。

それはまるで、崩《くず》れ落ちるドミノのようだった。

それを見ているイイナズ将軍も、焦《あせ》りを隠せない様子だ。

「ぐぬぬ……っ！」

「形勢逆転のようだなイイナズ将軍！」

「馬鹿《ばか》な……そんなバカな！」

イイナズ将軍は、絶望そのものといった表情を浮かべていた。

そして、その時――。

里長《さとおさ》が空から飛んできた。

その姿は、まさに戦場を照らす一筋の光だった。

変身前の彼女を包んでいた全身の皺《しわ》は消え、代わりに滑らかで生き生きとした肌《はだ》が現れていた。

彼女の髪は、鮮やかなピンク色に輝いており、長く美しく、風になびくたびに戦場に希望の光をまき散らしている。

つまり、もとは老婆《ろうば》だった彼女が……。

今や、信じられないほどに若返っているのだ。

「マジで現役の魔法少女だったのかよ！」

「旦那様《だんなさま》！　だから言ったでしょう!?　おばあちゃんは現役だって！」

いや、若返るとは聞いとらんけどな。

しかし、マジで凄《すご》いな……。同一人物だとはとても思えん。

白を基調としたその姿は、どことなく魔法少女リリ○ルを彷彿《ほうふつ》とさせる。

そして、彼女の手には、やはりこれまた魔法少女リリ○ルっぽいステッキが握られていたのだ。

「これがワシの全力全開ですじゃ！」

「Understood, master. Engaging at maximum power !」

帝国兵に向けて魔法の杖《つえ》を構えて、彼女がそう宣言すると……なんかやっぱりレ○ジングハ

猫耳

ートっぽい感じで杖が応《こた》えているのが聞こえてきた。

おいおい、マジかよ？

魔法少女リリ○ルっぽい衣装、リリ○ルっぽいと杖ときて、リリ○ルっぽい「これが私の全力全開！」とくれば……この状況ではあの技《わざ》しかないと直感した。

でも、まさか……。

本当にそんなわけはないよな？

破壊の閃光《せんこう》の代名詞、『魔砲《まほう》』少女たる所以《ゆえん》の、あの技を本当にそのまんまやるわけないよな!?

そして、プリティ☆猫耳ニャンは、気合いの咆哮《ほうこう》と共に技名を叫んだのだ。

「スターライトブレイカー！！！！！！！！」

やっぱりそのまま言いやがった！！！！！

その瞬間、彼女から放たれた光の砲撃は、モーゼが「十戒《じっかい》」で海を割ったかのように帝国軍を真っ二つに割っていく。

「ぎゃあああああああ！」

破壊の閃光は、容赦《ようしゃ》なく帝国軍を蹂躙《じゅうりん》していく。

俺はその破壊力にただただただ圧倒されるばかりだった。

「現役どころの話じゃねーぞ！　スゲエじゃねえか里長！」

「だから言ったでしょう！　おばあちゃんは現役の魔砲少女だって！」

いや、魔砲少女だとは聞いてないけどな。

ともかく、これで駄目押しの一撃が決まった。

里長の一撃で数千単位の兵士が消し飛び、もはや帝国軍は戦線崩壊の憂《う》き目から復活することはありえないだろう。

「馬鹿な！　馬鹿な！　馬鹿な馬鹿な馬鹿な！　こんなことはありえない！」

イイナズ将軍は後ずさりしながらそう言った。

と、そこでソウローンが立ち上がると同時に、俺の頭の中に神の声が響いてきたんだ。

――スキル：エナジーボールを発射しますか？　大規模範囲破壊が可能なスキルです
え？　エナジーボールって範囲攻撃もできるの？

――元気玉ですから

そう言われてしまえば、納得するしかない。
けど、もう決着はついちゃってるし、これ以上はオーバーキルなんじゃ？
――ですが、ソウローンの怒りと哀《かな》しみは救済されてはいません
ああ、そう言えばそうかもしれない。
ソウローンは、確かに散々《さんざっ》ぱら馬鹿にされたままだもんな。
――スキル：エナジーボールを一時的にソウローンに譲渡《じょうと》しますか？
え？　エナジーボールって譲渡できるの？
――元気玉ですから！
確かにベ〇ータ戦の時、ク〇リンに元気玉を預けたことがあったが……。
でも、大規模破壊なんてやったら、無駄に帝国兵が死んじゃうんじゃないか？

——ここにいる兵士はイイナズ将軍と異世界勇者の直轄《ちょっかつ》部下たちです。酷《ひど》い犯罪行為が常《つね》の連中なので、気にする必要はありません

そうか、そういうことだったら仕方がないな。

ソウローンに近寄り、俺は握手を求めた。

「どうしたんだサトル？」

「お前に最後の一撃を決めてもらいたいんだ」

「……？」

怪訝《けげん》な表情を浮かべるソウローンだったが、握手を交わした瞬間に全てを理解したらしい。

「なるほどな。エナジーボールを放って俺にこの場の全てを破壊しろってことだな？」

「そういうことだ！」

ソウローンは、両掌《てのひら》を空に掲《かか》げて念を込める。

すると、すぐさま半径を十メートルを優に超える巨大な闘気が、ソウローンの頭上百メートルの距離に現れた。

「な……なんて大きさの闘気なんだ！　こんなのを地面に落とされれば、この周辺が消し飛んでしまう！」

恐れおののくイイナズ将軍だったが……おいおい老師よ？　俺たちまで危ないんじゃねーか？

――エナジーボールは悪を穿《うが》つ破魔《はま》の技です。正しい心を持つ者にはダメージを与えることはできません

なるほどな。

そういうことなら安心だ。

と、その時、ヘナヘナと腰を抜かしていたネトラ姫が口を開いた。

「ソウローン王子……貴方《あなた》は女を手にかけようというんですか？」

「……問答は無用だ！」

大丈夫だソウローン！

相手が女だろうが何だろうが、それはもう問題ではない。

たとえお前の行動の結果、世界を敵に回したとしても……俺だけはお前の味方だぜ、ソウローン。

そう、お前にはその権利があるんだ！


――やってしまえ、ソウローン！

俺の心の声援を受けたソウローンは、小さく頷《うなず》いた。

そして、掲げた両掌を勢いよく地面へと向ける。

それに呼応《こおう》し、半径十メートルを超える闘気の球が猛烈な勢いで落下してきた。

「エナジーボール！！！！！」

落ちていくエナジーボール。

地面に触れると同時に、目も眩《くら》まんばかりの発光と共に大爆発を起こした。

爆風は瞬く間に戦場全体を包み込み、イイナズ将軍やネトラ姫、そして桜塚《さくらづか》とその配下の兵士たちは、その破壊の渦に呑《の》み込まれる。


「ぎょえええええええええ！」


悪は滅びた。

爆心地に佇《たたず》むソウローンの銀髪が一陣の風によってなびく中――。

こうして、彼の哀しみの恋愛は終末を迎えたのだった。

☆★☆★☆★

あれから五カ月――。

俺がこの異世界に来てからというもの、いろんなことがあった。

けど、スペルマ国と同盟を結んだのは、間違いなく大きなターニングポイントだったな。

それから、俺たちのビジネスは加速度的に拡大し続けている。

エリスがアイスクリームを売り始めた当初は、こんなにも事業が拡大するなんて夢にも思わなかったんだがな……。

まず、スペルマ国内でのアイスクリームチェーン店展開は驚異的《きょうい》だ。

地球のフレーバーを取り入れた商品――チョコレート、バニラ、抹茶《まっちゃ》といった定番はこちらでも大人気。

特に北国のスペルマ国では、季節限定のホットアイスクリームが意外なほどにウケてる。

シルヴィアの空中曲芸は、俺たちのプロモーション活動における切り札と言えるほどにまでなっている。

日々進歩していく、彼女のパフォーマンスはただごとじゃない。

古代龍王種《エンシエント・キングドラゴン》の彼女が空中で、氷のブレスを駆使してアイスクリームを作り、それを売るなんてもはや一種のアトラクションだ。

そしてなんと言っても、セクシー下着事業。

穴あき下着という、この世界では斬新《ざんしん》なコンセプトが、スペルマ国でも大流行している。

俺たちの事業は飲食物から始まり、今やファッション業界にも足を踏み入れているんだから、何が起こるかわからないもんだ。

巨人の新事業についても、距離が近いのもあって、スペルマ国での成功は目覚ましいものがある。

建設業界に巨人を投入したら、大型建築物の建設速度が桁違《けたちが》いに上がった。

防衛関連事業では、首都防壁の外に巨人を配置することで、外敵からの脅威《きょうい》を大幅に減少させることに成功した。

魔物が首都に寄りつかなくなり、ネトリ帝国もスペルマ国の防衛力強化を警戒《けいかい》し、『ウカツには手を出せない』ということになっているらしい。

まあ、ネトリ帝国は異世界勇者を抱えている関係で、俺たちもまだまだ油断はできないんだがな。

また、巨人の物流業界への参入は、北方のスペルマ国と、南方の大森林をつなぐ貨物運搬《うんぱん》サービスの効率化に大きく貢献《こうけん》している。

商隊のキャラバンよりも遙《はる》かに大きな貨物運搬量、そして移動速度で、相対的にコスト削減に成功して物価までも下がったんだから驚きだ。

こうして考えると、スペルマ国との同盟は、双方にとって大きなプラスになっているんだなって改めて実感するな。

ソウローンとも、たまに一緒に飲む仲となって、関係は良好だ。

エピローグ

「百人乗っても大丈夫なのじゃ！」

そんな言葉を真《ま》に受けた俺たちは、商売の大成功を祝して空中での大宴会を行うこととなった。

シルヴィアの背中は、想像を遥《はる》かに超えるステージだった。

巨大化しようと思えばいくらでも巨大化できるらしく、マジで百人乗れたんだから驚きだな。

メンバーは、エリス、アカネ、太公望《たいこうぼう》、ナターシャ、それに猫耳族の綺麗《きれい》どころたちである。

シルヴィアの広大な背中を覆《おお》う鱗《うろこ》は、まるで巨大なテーブルクロスのようだった。

そこに俺たちは持ち込んだ木製のテーブルを設置し、様々な料理とワインやビールのボトルで埋め尽くした。

宴《うたげ》が進むにつれて、笑顔や歓声《かんせい》が高まる。

酒の力で、みんなの動きはさらに活発になっていく。

中には、シルヴィアの背中からはみ出して落ちそうになる者も出てきたが、仲間の手によってすぐに救い上げられて、その都度《つど》笑いが生まれる。

そして宴会場では「美味《おい》しい！」と叫ぶ声が響き渡る。

地球の知識を取り入れた料理たちに、それぞれが思い思いの反応を示す。

「生姜《しょうが》焼きが美味し――――い！　ビールにめっちゃ合う！」

「軟骨《なんこつ》の唐揚《からあ》げがヤバいニャン！」

チョコレートフォンデュと抹茶《まっちゃ》のアイスクリームには、「最高！」という声が上がり、さらに、「酒じゃー！　酒じゃ！　酒もってこい！」と、そんな声が飛び交《か》う。

ワインやビールのボトルが次々と空《あ》いていき、みんなでグラスを持ち上げ、『乾杯《かんぱい》』の声が無限にそこかしこで上がっている。

宴会は夢のような時間を紡《つむ》ぎ出し、シルヴィアの背中いっぱいに笑顔が咲き乱れていた。

「さて、宴もたけなわとなりましたが――」

締めの一本締めを任された、太公望に注目が集まる。

「二次会はドラゴンカーセックスです！」

その言葉で「待ってました！」とばかりに全員が衣類を脱ぎ始めた。

いや、まあ、何故《なぜ》か宴会場の中央に巨大ベッドが運び込まれていたから、そうなるんだろうとは思ってたけどさ。

しかし、一人で百人を相手にするのは難儀《なんぎ》だぜ……。

と、俺は毎度のことながら苦笑せざるを得ない。

相手は発情期に突入した猫耳族の娘たちが九十人以上。
そして、最近全然相手をしてもらってないからと、本気モードになっている太公望とナターシャ。
もちろん、エリスとアカネだってやる気満々だ。
「観念してくださいね！　旦那《だんな》様！」
エリスのニコニコ笑顔はいつもと変わらないが、まあそういうことなら受けて立とう！
百人まとめてかかってこい！
――ズッコンバッコン
――キッタンバッタン
――ズッコンバッコン
――ギッタンバッタン

——ギシギシアンアン、ギシアンアン

と、まあ——。

そんなこんなで、俺たちのピンク色のスローライフは続いていくのだった。

あとがき

と、言うことで、『エロゲの世界でスローライフ』２巻です。

……。

前巻とはかなり雰囲気《ふんいき》違いますが、いかがでしたでしょうか？

２巻はコミック版の内容に寄せることとなったのですが、これを説明すると長くなりまして
１巻のあとがきに、そのあたりの経緯《いきさつ》は書いてあるので割愛《かつあい》です。

で、コミック版を読んでいない人からすると、特に２巻中盤あたりから『急に攻めてきたな!?』と思われる可能性がある内容となっています。

逆に言うと、コミック版しか読んでない人からすると、小説１巻は『えらく大人しいな!?』と、思われる可能性もあったのかなーと。

ここについても１巻のあとがきで触れているのですが、小説版はネット版に準拠しているので１巻はあんな感じなんですよね。

つまりは、小説版の前提として、ネット小説としてのお約束を守りつつ……と、そんな感じになっております。

それで、コミック版はネット小説としてのお約束というよりも『ハチャメチャな下ネタ』しか考えてないと。

著者的には小説版の2巻は、コミック版に寄せつつもネット小説的な感じにも配慮して、いい塩梅《あんばい》になったかなと。


2巻書いててやっぱり思ったことは、筆者のお気に入りのキャラはソウローンなんだなと。

コミック版の脚本書いてて『どっちが主人公』がわからなくなるくらいに、ことあるごとに前面に押してて、まあ……やっぱ好きなんですよね。

いや、好きというよりは『ネタとして使いやすい』というのが理由ではあるんですが。


と、そんなこんなで謝辞《しゃじ》です。

イラスト担当のタジマ粒子《りゅうし》先生！　相も変わらず美麗にしてセクシーなイラストをありがとうございます！

担当様につきましても、こんなどうしようもない話に毎度お付き合いいただき感謝です！

そして何よりも、この本を買ってくれた読者様に最大限のお礼を申し上げます。

2巻の後半のノリが好きなら、コミック版も絶対面白《おもしろ》いのでよろしくお願いします！

ソウローンが第2話の最序盤で出てきたり、里長《さとおさ》が太公望《たいこうぼう》戦で活躍したり、下ネタ全開だったりと展開全然違いますので楽しめると思います！

白石　新

この作品の感想をお寄せください。

あて先　〒101-8050　東京都千代田区一ツ橋2-5-10
集英社　ダッシュエックス文庫編集部　気付
白石 新先生　タジマ粒子先生

ダッシュエックス文庫

エロゲの世界でスローライフ2
～一緒に異世界転移してきたヤリサーの大学生たちに追放されたので、辺境で無敵になって真のヒロインたちとヨロシクやります～

白石 新

2024年5月29日　第1刷発行

★定価はカバーに表示してあります

発行者　瓶子吉久
発行所　株式会社　集英社
〒101−8050　東京都千代田区一ツ橋2−5−10
03(3230)6229(編集)
03(3230)6393(販売／書店専用) 03(3230)6080(読者係)
印刷所　大日本印刷株式会社

ISBN978-4-08-631553-1 C0193